Sieglinde Mörtel & Marion Gebauer

Baumklau und Flüsterstollen

Thüringer Weihnachtsgeschichten

Welken
VERLAG

Impressum

1. Auflage 2018

Schrödingerstraße 51, 07745 Jena
Telefon 03641 217 49 86
www.welkenverlag.de

Covergestaltung:
Claudia Laudien, Jena

Bildnachweis:
Titelfoto: Wolfram Keller
S. 80 (oben): Mörtel
S. 80 (Mitte) Arlene Knipper

Druck:
Mazowieckie Centrum Poligrafii, Marki

ISBN: 978-3-939917-29-8

Welken
VERLAG

Inhalt

Vorwort

Wie doch wie die Zeit vergeht! Es ist noch nicht lange her, dass wir die letzten Tannennadeln vom Teppich gesaugt, den übrig gebliebenen Schokoladen-Weihnachtsmann verbacken und kurz vor Ostern endlich den letzten Stollen vertilgt hatten. Und plötzlich ist es schon wieder so weit! Selbst jene, die den bereits im September eingeläuteten Weihnachtsrummel in den Supermärkten ignoriert haben, hat nun der Advent eingeholt.

Es duftet nach Glühwein und Plätzchen, die Menschen genießen die langen Abende und nehmen öfter mal wieder ein Buch zur Hand. Darunter auch unsere heiteren „Thüringer Weihnachtsgeschichten“ (Wartberg-Verlag), die wir im Jahr 2013 erstmals vorgestellt haben.

In deren Folge, zu Lesungen und in Gesprächen, wurden zahlreiche weitere Anekdoten an uns heran getragen, so dass wir uns entschlossen, auch diese aufzuschreiben. Das Ergebnis halten Sie gerade in der Hand.

Mit diesem Büchlein viel Spaß und eine wunderschöne Advents- und Weihnachtszeit wünschen

Sieglinde Mörtel und Marion Gebauer

Schabriche zum Fest

Den Kampf mit meiner Schwiegermutter Käthe hatte ich schon lange aufgegeben. Mein Gatte Ralf war ein Einzelkind. Bei ihm fand ich in diesem Kampf keinen Rückhalt. Käthe verzieh mir auch nach acht Ehejahren und zwei Enkelkindern nicht, dass ich ihr den Sohn weggenommen hatte. Sie dachte sich ständig neue Schikanen aus. Der Schwiegervater hielt sich raus. Ich ging ihr aus dem Weg, so gut es ging, aber zu Weihnachten war das nicht möglich.

Vor drei Tagen stand Schwiegervater Jochen vor der Tür und hielt mir ein längliches eingewickeltes Etwas entgegen. „Grüß dich, Angela. Käthe hat dir einen Weihnachtsbraten besorgt“, sagte er und „mach‘s gut, ich muss weiter.“ Es war ein Kaninchen. Keine Ahnung, woher sie das hatte. Ich mache mir nichts aus Kaninchenfleisch, deshalb hatte ich noch nie welches zubereitet und es auch nie vorgehabt. Aber sollte ich den Weihnachtsfrieden, um den Ralf mich gebeten hatte, gefährden?
Ich rief meine alte Freundin Regina an: „Weißt du, wie man Kaninchenbraten macht?“
„Gibt‘s den Weihnachten?“
„Äh, ja. Aber ich weiß nicht, wie er zubereitet wird.“
„Ich will den Kopf!“, rief Regina.

Ich schaute auf die langen Nagezähne und schüttelte mich. „Den wollte ich eigentlich wegschmeißen.“

„Bloß nicht! Das ist eine Delikatesse. Man muss ihn aber mit den Händen essen. Stört euch das?“

Ich lachte: „Ganz und gar nicht. Aber verrate mir erstmal, was ich mit dem Vieh anstellen soll.“

Ich machte mir Notizen, schickte Ralf eine SMS, dass er Buttermilch mitbringen solle, und setzte Reginas Anweisungen in die Tat um.

Eigentlich Verschwendung, dachte ich, dass sie immer noch Single war, wo sie doch so gut kochen konnte. Ich rieb den Hasen mit Salz und Pfeffer ein, suchte Lorbeerblätter, Wacholderbeeren und die übrigen Ingredienzen zum Einlegen zusammen und packte den Braten in meine große Pfanne. Als Ralf kam, goss ich die Buttermilch darüber, setzte den Deckel drauf und stellte die Pfanne auf den Balkon. Dann vergaß ich das Bratenproblem erst einmal.

Ich freute mich auf Reginas Besuch. Schon damals, als sie und ich ein Zimmer in unserem Jenaer Studentenwohnheim teilten, war sie unumstritten die Chefin, wenn wir gemeinsam etwas zubereiteten. Das machten wir oft. Unser Lieblingsgericht waren – ich nenne es mal ganz neutral - Reibekuchen. Bei mir zu Hause in Eisenberg nannten wir sie Puffer. Regina, die aus einem Dorf bei Saalfeld stammte, behauptete, sie hießen Schabriche. Das hatte ich noch nie gehört und unterstellte ihr, sie wolle mich auf den Arm nehmen.
„So ein Wort gibt‘s gar nicht“, rief ich spöttisch.

„Schon bei Friedrich Schiller kommen die Schabriche vor“, konterte sie.

„Blödsinn! Wo denn?“

„Es gibt da ein Gedicht, wie es heißt, weiß ich nicht mehr, da wird einer geschnappt, als er den Tyrannen ermorden will. Und der brüllt ihn dann an: ‚Was wolltest du mit dem Dolche? Sprich!‘ Worauf der Attentäter antwortet: ‚Kartoffeln schälen zum Schaberich!‘ “

Die Verse kamen mir irgendwie bekannt vor, obwohl ich ihr das mit den Schabrichen nicht abnahm. Wir aßen die Reibekuchen jedenfalls häufig mit verschiedenen Zutaten, aber jede blieb bei ihrer Bezeichnung.

Am Morgen des Heiligabends war ich früh aufgestanden und hatte Ralf und die Kinder zu den Schwiegereltern geschickt. Nachmittags sollten sie zu Kaffeetrinken und Bescherung zurückkommen und Oma und Opa gleich mitbringen. Der Baum stand schon seit dem Vorabend. Regina wollte gegen elf eintreffen und so blieb mir genug Zeit, den Hasen zu braten. Dann brauchte er am Weihnachtstag nur heiß gemacht zu werden. Die Klöße hatte ich aus dem Tiefkühlfach im Supermarkt besorgt und der Bohnensalat war schnell zubereitet. Käthe würde nichts zu meckern haben. Als ich die Balkontür öffnete, wehte mich ein laues Lüftchen an. Weiße Weihnacht würde es diesmal nicht geben. Schon die letzten Tage waren ungewohnt mild gewesen. Ich trug die Bratpfanne in die Küche und nahm den Deckel ab. Vor Schreck wurden mir die Knie weich. Ich musste mich hinsetzen.

Das Kaninchen hatte wieder ein Fell. Eine hellgraue hochflorige Schimmeldecke überzog den Pfanneninhalt. Was tun?

Heute war Sonntag und morgen Feiertag. Keine Chance, noch irgendwo ein Stück Fleisch zu ergattern. Einen Tisch für sieben Personen in einer Gaststätte konnte ich vergessen. Das Mittagessen am zweiten Feiertag im Marktkeller hatte ich bereits im Oktober bestellt. Ich saß noch immer verzweifelt am Küchentisch, als Regina klingelte.

„Oh je", sagte sie. „Balkon ist normalerweise vor Weihnachten gerade richtig. Aber nicht, wenn draußen wie gestern vierzehn Grad sind."

Als ich von der Biotonne zurückkam, wo ich das Kerlchen bestattet hatte, strahlte sie mich an:

„Ich hab's! Schabriche!"
Ich zögerte: „Aber ich kann doch nicht ..."
„Doch, können wir. Hast du Kartoffeln?"
„Ja."
„Apfelmus für die Kinder?"
„Auch."

Regina riss die Kühlschranktür auf. „Kräuterquark, Räucherlachs, sogar Kaviar. Alles da, was wir brauchen! Vergiss das Schlemmerfrühstück! Deine Delikatessen servieren wir morgen zu den Schabrichen." Das war ein Ausweg. Ich wusste nur noch nicht, wie ich Käthe das fehlende Kaninchen erklären sollte.

Wahrscheinlich war es Reginas Anwesenheit zu verdanken, dass meine Schwiegermutter sich zurückhielt und Nachmittag und Abend recht harmonisch verliefen. Am nächsten Vormittag, während Ralf und die Kinder sich mit deren Geschenken beschäftigten, bereiteten Regina und ich das ungewöhnliche Weihnachtsessen zu. Ich rieb die Kartoffeln und briet die Puffer. Regina briet dünne Schinkenspeckstreifen, füllte Preiselbeeren, Quittengelee und all die anderen Leckereien in Schüsselchen und Schalen und deckte den Tisch. Als meine Schwiegereltern eintrafen, war alles bereit. Wir setzten uns um den großen Tisch und allen schien es zu schmecken.

Als der Pufferstapel schon ziemlich abgenommen hatte, sagte Käthe: „Sollte es heute nicht Kaninchenbraten geben?“

Ich hatte zwar auf diese Frage gewartet, aber mir war noch keine Antwort eingefallen. Regina rettete mich. „Ach das ist meinetwegen. Kaninchen esse ich überhaupt nicht.“ Sie schüttelte sich. „Und diese gruseligen Köpfe – igitt!“ Sie wandte sich meiner Schwiegermutter zu: „Sie müssen wissen, am liebsten esse ich Schabriche.“

Käthe hob den Blick von ihrem Kartoffelpuffer und schaute fragend in die Runde. „Schabriche? Was ist denn das?“

Ralf schmunzelte. „Mutter, der Schabrich liegt vor dir auf dem Teller. Angela und Regina konnten sich nie einigen, ob die Dinger nun Schabriche oder Puffer heißen. Vielleicht kannst du den Streit entscheiden?“

Käthes Mundwinkel bewegten sich nach oben. „Also bei uns zu Hause hießen sie immer Zudel."

Alle einschließlich der Kinder brachen in anhaltendes Lachen aus. So ein heiteres Gelächter hatte ich in Käthes Gegenwart noch nie erlebt.

Aufklärung in der Straßenbahn

Ich lebe gern in einer großen Stadt. Da gehören manche Dinge einfach dazu, ohne dass man sie hinterfragt, zum Beispiel der Nahverkehr mit Jahreskarte. Sogar in fremden Orten benutze ich manchmal den Stadtverkehr ohne zu bezahlen. Schließlich habe ich eine Jahreskarte. Erst hinterher fällt mir dann ein, dass sie dort nicht gilt. Bisher hatte ich Glück; es kam nie ein Kontrolleur.

Zuhause fahre ich meist mit der Straßenbahn. Jetzt in der Vorweihnachtszeit sind manche Bahnen sogar geschmückt. Morgens, auf dem Weg zur Arbeit, sehe ich oft die gleichen Mitfahrer. Man grüßt sich natürlich nicht, sondern schlüpft schnell auf seinen Stammplatz. Der schwarzgekleidete Junge mit den vielen Nasenpiercings fährt seit ein paar Wochen nicht mehr mit. Vielleicht ist seine Ausbildung beendet. Der weißhaarige Herr, den ich in Verdacht hatte gestorben zu sein, ist wieder da. Er geht jetzt an zwei Krücken. Birgit und Elke, die meist hinter mir sitzen, kenne ich schon ziemlich gut. Während der halbstündigen Fahrt tauschen sie sich intensiv über ihr tägliches Leben aus. Ich weiß, was sie an den Festtagen kochen werden, wie ihre Chefs und Kollegen so sind, welche Hobbys die Ehemänner haben und wohin es in den Urlaub geht. Je nach Stimmung höre ich den Leuten um mich herum zu oder lasse ihre Unterhaltungen an mir vorbei rauschen.

Wenn meine Enkelin Merle zu Besuch ist, bekommen die Straßenbahngespräche mehr Bedeutung. Sie schweigt während der Fahrt, beschaut und belauscht die Passagiere intensiv und löchert mich hinterher mit Fragen zu dem, was sie in der Bahn aufgeschnappt hat. In Pößneck, wo sie wohnt, gibt es keine Straßenbahn. Deshalb sieht sie diese Fahrten als Abenteuer an. Anfang Dezember war sie einige Tage bei mir, weil ihre Schule aufgrund einer Heizungshavarie für eine Woche geschlossen wurde. Wir gingen ins Planetarium und anschließend – trotz Dezemberkälte – in die Eisdiele. „Oma“, sagte Merle zu mir, nachdem der Himbeereisbecher vor ihr stand, „ich glaube, es gibt in Wirklichkeit keinen Weihnachtsmann, der Geschenke bringt.“

Im September war sie eingeschult worden. Ich vermutete, dass sich die Erstklässler untereinander, vielleicht auch mit älteren Schülern, über dieses Thema ausgetauscht und den Kinderglauben an den bärtigen Alten im roten Mantel abgelegt hatten. Sicher gehört es nicht zu meinen großmütterlichen Aufgaben, den Glauben an Weihnachtsmann, Klapperstorch, Zahnfee und Konsorten mit Gewalt aufrechtzuerhalten. Sollte ich sagen: Da hast du Recht? „Aber Merle“, sagte ich, „vorhin auf dem Weihnachtsmarkt habe ich einen gesehen.“ Sie schüttelte den Kopf. „Das war kein echter. Solche gibt es überall. Das ist nur ihr Job. Sie tun so, als wären sie Weihnachtsmänner.“ Merle legte den Löffel ab und blickte mich ernst an. „Hast du in der Straßenbahn nicht gehört, was die Leute geredet haben? Alle haben davon gesprochen, dass sie noch Weihnachtsgeschenke kaufen müssen und wer sie bekommen soll. Nein, Oma, die Geschenke kaufen die Erwachsenen. Hat Mutti dir meinen Wunschzettel gezeigt?“

Opa Kurt und die Schleife am Baum

Kein Mitglied des Jagdkollektivs kaufte jemals einen Weihnachtsbaum im Handel. Jeder holte seinen selbst aus dem Wald. Das tat auch Opa Kurt. Ob es legal war, kann ich nicht sagen; andere Leute durften es jedenfalls nicht. Frisch musste der Baum sein. Deshalb holte Opa ihn immer erst am 23. Dezember, und das auch erst, nachdem die sonst so gutmütige Oma Hilde arg gebrummelt hatte, als der erst am Morgen des 24. Dezember geschlagene Baum im Wohnzimmer auftaute und auf die frisch gebohnerten Dielen tropfte.

Natürlich ist es ein Problem, mitten im Dezember ein geeignetes Bäumchen zu finden, wenn dicker Schnee auf den Koniferen liegt. In der Gegend, wo die Großeltern lebten, war das fast immer der Fall. Sie wohnten in einem kleinen Dorf in der Nähe von Suhl, das idyllisch in ein Tal des Thüringer Waldes gebettet lag. Mein Bruder Heiko und ich verbrachten dort alle Schulferien und in der Weihnachtszeit war es besonders schön.

Opa Kurt – pfiffig wie er war – hatte das Problem mit dem Schnee auf den Bäumen gelöst, indem er bereits in den ersten Herbsttagen, manchmal auch schon früher, wenn ihm ein besonders schönes Tännchen vor die Augen kam, sein Kennzeichen anbrachte. Er bog den Wipfel zu sich herab und band aus einem Stück grauem Strick – so etwas hatte er immer in der Jackentasche – eine große, fest gezurrte Schleife unterhalb des obersten Astquirls. Einen Tag vor dem Fest ging er vormittags los, hielt Ausschau nach der Schleife, fällte den Baum und trug ihn auf der Schulter nach Hause. Dieser Christbaum konnte bis Ende Januar stehen bleiben ohne zu nadeln.

An jenem verschneiten Vorweihnachtstag in den siebziger Jahren begann alles wie gewohnt. Nachdem Oma Hilde ihm ein „Schüttle ihn gut aus!“ mit auf den Weg gegeben hatte, fiel die Tür hinter dem Opa ins Schloss. Oma wandte sich wieder den Töpfen zu, meine Eltern rumorten irgendwo im Haus umher und wollten nicht gestört werden und Heiko war rodeln. Ich fand es in der warmen Küche gemütlicher und hockte mich zu Uropa Edmund auf die Eckbank, der Nüsse knackte. „Schön, dass du mir hilfst, Mädchen“, sagte er. „Wenn wir viel schaffen, spendiert mir Hilde vielleicht einen Schnaps.“ Schmunzelnd fügte er hinzu: „Du darfst ja noch nicht.“ Wir knackten, was das Zeug hielt, um Opa Edmund seinen Schnaps zu verdienen. Edmund bediente den Nussknacker und ich, weil ich die jüngeren Augen hatte, wie er meinte, pulte die Kerne aus den Schalen.

Oma Hilde bereitete den Selleriesalat vor, denn der musste mindestens einen Tag in der kühlen Speisekammer ziehen, ehe er so richtig gut war. Sie nahm die gekochten Knollen, kratzte die Schale ab und schnitt sie in Scheiben, wozu sie ein Messer benutzte, das Rillen auf dem Gemüse hinterließ. Ich hätte gern gekostet, aber Oma wehrte ab: „Schmeckt noch nicht, Bettina“, und griff nach der Ölflasche. So verging die Zeit, während Oma sich nach dem Salat der Zubereitung des Kaninchenbratens widmete und sich vor dem Uropa und mir die Schüssel mit Nusskernen füllte.

„Wo Kurt nur bleibt?“, wunderte sich Oma Hilde und spähte aus dem Fenster. „So lange hat er sonst nie gebraucht.“

„In der ‚Schwarzen Hand‘ wird er stecken“, knurrte Uropa Edmund und zwinkerte mir zu.

Die „Schwarze Hand“ war die Dorfkneipe. Sie hatte eigentlich einen anderen Namen, den aber keiner im Dorf benutzte. Die Gaststube mit ihren holzverkleideten Wänden und dem eisernen Ofen war gemütlich. Am Dreiundzwanzigsten, wenn die Frauen daheim mit allen Arten von Weihnachtsvorbereitungen beschäftigt waren, versammelten sich dort die Männer, um, wie sie sagten, zu Hause aus dem Weg zu sein. Sie schwatzten, erzählten Schnurren und tranken ihr Bier. Wer es mochte, bekam seins angewärmt.

Zwischen ihnen herum wuselte die Wirtin Erika mit ihrem um den Kopf geflochtenen Zopfkranz und korrekt gebundener Schürze, um die Männer zu bedienen. Von Zeit zu Zeit ging sie zu dem eisernen Ofen, öffnete dessen Tür, griff mit einer Hand in den daneben stehenden Kohleneimer, warf ein Brikett in die Glut und wischte danach die schwarze Hand an der Schürze ab. Dann ging sie wieder zum Tresen und zapfte neues Bier. Vermutlich war diese Angewohnheit die Ursache für den Spitznamen der Kneipe. Manche Männer kamen sogar am Vierundzwanzigsten in die „Schwarze Hand" unter dem Vorwand, Flaschenbier für die Feiertage zu holen. Erika hatte bis zum Nachmittag geöffnet. Das hätte Opa Kurt sich jedoch nicht getraut.

Früher hatte der Uropa auch gern mal in die „Schwarze Hand" reingeschaut, jetzt war er aber nicht mehr gut zu Fuß und deshalb ein wenig neidisch auf Kurt.

Das Mittagessen – es gab Kartoffelsuppe – war längst vorüber und Heiko wieder rodeln gegangen. Die Eltern holten den Baumschmuck vom Dachboden. Uropa Edmund schlief im Wohnzimmer vor dem Fernseher und draußen fielen die Schneeflocken immer dichter. Oma seufzte: „Bettina, ich mache mir langsam Sorgen."

„Soll ich vielleicht mal in der ´Schwarzen Hand´ nachschauen, Oma?“

„Nein, Kind“, sagte sie, „wenn er in einer halben Stunde nicht hier ist, gehe ich selber.“ Das klang nicht gut.

Es war jedoch nicht so, wie Uropa Edmund und Oma Hilde dachten, jedenfalls nicht ganz. Opa Kurt verließ das kleine Dorf an seinem Nordende, passierte den Eisenbahntunnel, bog auf einen Forstweg ein, der sich linkerhand vom Bach allmählich den Berg hochwand und stapfte frohgemut den Hang hinauf, wo auf halber Höhe die ausgewählte Fichte stehen sollte. Anfangs standen nur lockere Baumgruppen beidseits des Weges, aber schnell wurde der Wald dichter. Wenn er geradeaus weiterlaufen würde, käme er irgendwann zum Hauptkamm des Thüringer Waldes. So weit musste Kurt jedoch nicht gehen, denn er befand sich inzwischen in seinem Revier. Hier fütterte er im Winter das Wild, reparierte im Frühling Futterkrippe und Hochsitz und schoss im Herbst auch mal einen kapitalen Hirsch. Er kannte sich hier aus wie niemand sonst.

Der stetig fallende Schnee hüllte allmählich die Nadelbäume in eine weiße Decke. Man konnte nicht mehr erkennen, welche besonders schön und gleichmäßig gewachsen waren. Das war jedoch nicht nötig, weil die große Schleife aus grauem Strick auch mit Schneeverzierung gut sichtbar sein würde. Da hatte Kurt Erfahrung. An einer Wegkurve schlug er sich nach rechts in die Bäume. Nach etwa zehn Metern begann das Jungholz und es wurde lichter. Dort drüben neben der alten bemoosten Fichte musste sein Wunschbaum stehen. Da stand aber keiner mit Schleife. Kurt umrundete den alten Riesen erst in kleinen, dann in immer größer werdenden Kreisen. Er sah kleine, beschneite Bäume, nur ohne Schleife. War er in der falschen Kurve abgebogen? Aber da waren die alte Fichte und auch die zwei mickrigen Birken. Der Platz war richtig. Die Schleife war verschwunden. Kurt betrachtete die jungen Bäume, die von der Größe her infrage kamen. Ihm wurde klar, nicht die Schleife, das Bäumchen war weg. Wenn er denjenigen erwischte! Es war müßig, den Waldboden zu untersuchen. Ein dünner abgesägter Baumstumpf, verborgen unter dem verharschten Schnee der vergangenen Wochen, vom heutigen Neuschnee nicht zu reden, war schwerlich auffindbar – und hätte ihm jetzt auch nichts genutzt. Er brauchte einen Weihnachtsbaum.

Kurt schüttelte lustlos den Schnee von den nächststehenden Bäumchen, aber die genügten seinen Ansprüchen nicht. Das hatte er im Herbst schon erkannt. In seiner eigenen Spur ging er zurück zum Weg, um es ein Stück hangabwärts zu versuchen. Zum Glück hatte am Vortag ein Traktor den Waldweg befahren, so dass Kurt nicht in den Schnee einsank. Mehrmals bog er seitlich in den Wald ein, schüttelte hier und schüttelte da. Zufrieden war er nicht. „Alles nur Krücken“, schimpfte er. Zu seinem Ärger über den geklauten Baum – er fühlte sich persönlich bestohlen – kam der Verdruss über die viel zu hässlichen, die er in Augenschein nahm. Das

Stapfen durch den Schnee wurde immer beschwerlicher. Vom vielen Bäumeschütteln war er selbst beschneit wie ein Eisgespenst und die dichter fallenden Flocken erschwerten die Sicht. Fast war er schon wieder im Tal angekommen. Der Wald endete an einer großen Wiese. An seinem Rand standen ein paar junge Fichten in idealer Christbaumhöhe. Das Schütteln begann erneut. Am Ende sägte er einen ab, der ihm am wenigsten missfiel, und stapfte, ihn hinter sich herziehend, zurück ins Dorf. Da ihm die Laune gründlich verdorben war, ging er nicht sogleich nach Hause, sondern beschloss, erst einmal die „Schwarze Hand" aufzusuchen, um den Ärger wegzuspülen.

Am nächsten Abend bewunderten wir den von meiner Mutter schön geschmückten Christbaum, der wie immer auf der Kredenz stand und bis zur Decke reichte. So übel war er gar nicht gewachsen. Nur Opa Kurt schaute ihn missmutig an. Zum Glück war der Opa gestern eingetroffen, als Oma Hilde sich gerade den Mantel anzog, um ihn zu holen. Eine Strafpredigt hatte er trotzdem aushalten müssen, wegen seiner Bierfahne und verbunden mit der Forderung, den Weihnachtsbaum künftig mehrere Tage vor dem Fest aus dem Wald zu holen. Was ihn jedoch noch jahrelang ärgerte, war, dass er nie herausfand, wer ihm „seinen" Baum vor der Nase weggestohlen hatte.

* * *

Geschenksendung, keine Handelsware

„Geschenksendung, keine Handelsware". Mit dieser Aufschrift waren alle privaten Pakete versehen, die die innerdeutsche Grenze passierten. Helga wartete händeringend auf ein solches Paket, vor allem wegen der Backzutaten, die es enthalten würde.

Sie arbeitete halbtags in der Küche eines Kindergartens in der Nähe von Saalfeld und nebenher als Backfrau zu Feierlichkeiten wie Jugendweihen oder Hochzeiten. Ihre Kuchen und Torten waren nicht nur lecker, sie waren auch wundervoll dekoriert. Was sie dafür benötigte, schickte ihre Cousine aus Kassel. Dafür erhielt diese jedes Jahr vor Weihnachten eine stattliche Lieferung Plätzchen, mit der sie wiederum die Verwandtschaft jenseits der Grenze versorgte.

Am zwanzigsten Dezember stand die Silberhochzeit einer Kollegin an und Helga hatte sich bereit erklärt, vierzig Kuchen zu backen. Sie hatte erst im November davon erfahren und gleich eine Wunschliste nach Kassel geschickt. Inzwischen waren vier Wochen vergangen, das Paket hätte längst da sein müssen. Helga wurde von Tag zu Tag unruhiger. Ihre Bestände an Nougat, Marzipan und buntem Zuckerzeug waren nahezu aufgebraucht. Wie stände sie vor ihrer Kollegin da, wenn das Paket verloren gegangen war? Mit den hier erhältlichen Zutaten würde sie nicht annähernd jene Kuchen zaubern können, die man von ihr kannte und die sie zugesagt hatte. Eine furchtbar peinliche Vorstellung!

Nachts, als sie vor Sorge darüber nicht schlafen konnte, gingen ihr die seltsamsten Gedanken durch den Kopf. Zählten Ananas- und Mandarinendosen, Kakao, Nüsse und Kuvertüre noch zu Geschenken? Galten Mokkabohnen, bunte Zuckerherzen oder silberne Streusel vielleicht als Handelsware? Hatte sie irgendwer irgendwo angeschwärzt, weil sie sich mit ihrer Backerei etwas nebenbei verdiente und man ihre Zutaten jetzt als Handelsware deklarierte?

Für die hiesigen Gesetzeshüter war es mit der Aufschrift auf den Paketen bekanntlich nicht erledigt. Sie setzten auf das Sprichwort „Vertrauen ist gut, Kontrolle ist besser". Offenbar bezweifelte man schon damals, dass wirklich „drin ist, was drauf steht".

Dass die Kartons geöffnet und kontrolliert wurden, war allgemein bekannt. Daher machte man sich auch nicht die Mühe (wie etwa bei Briefen), diese nach Sichtung des Inhalts wieder originalgetreu zu verschließen. Zudem hatte jeder Sendung ein Inhaltsverzeichnis beizuliegen, wohl um die Kontrolltätigkeit möglichst zügig und effektiv durchführen zu können. Auf diesen Listen standen beispielsweise: 5 Orangen, 300 g Schokolade, 250 g Kakao, 500 g Kaffee und dergleichen. Schmuckstücke in der Kaffeebüchse, Geldscheine im Saum eines Kleidungsstücks und Ähnliches waren freilich nicht erfasst. Meistens erreichten die Pakete ihre Adressaten, manchmal – auch das war ein offenes Geheimnis – eben auch nicht. Bei Helga waren sie bisher immer angekommen und es hatte nie etwas gefehlt.

Sie hatte naiverweise darauf vertraut, dass auch diesmal alles seinen sozialistischen Gang ginge, hatte ihrer Kollegin fest zugesagt und zwei freie Tage ausgehandelt. Mit jedem Tag geriet sie mehr in Panik, ihre Gedanken schlugen Purzelbäume.

Nicht auszudenken, wenn ausgerechnet dieses Paket verschollen wäre! Selbst eine erneute Sendung hätte nichts mehr genützt; in einer Woche stand diese verdammte Silberhochzeit an! Sollte sie absagen? Einfach todsterbenskrank sein? Warum hatten diese beiden vor fünfundzwanzig Jahren auch unbedingt kurz vor Weihnachten heiraten müssen? Na klar doch – weil sie „mussten". Hätte ihr die Kollegin nicht schon im Sommer Bescheid sagen können? Dann wäre das alles nicht passiert. Vor Weihnachten, das wusste doch jedes Kind, da ging es bei der Post drunter und drüber!

In der Tat! Übers Jahr hinweg wurden die Pakete von einem Stamm ausgewählter Post-Mitarbeiter inspiziert. Doch in der Vorweihnachtszeit überstieg die Flut an Geschenksendungen die hauseigenen Kapazitäten. Wie in vielen Branchen, so wurde auch hier bei Personalengpässen „sozialistische Hilfe" aus anderen volkseigenen Betrieben angefordert. Freilich schaute man genauer hin, wen man zu dieser speziellen Hilfeleistung delegierte, nicht jeder x-Beliebige genoss das notwendige Vertrauen. Doch gab es einen festen Stamm bewährter Bürger, auf die man regelmäßig zurückgriff.

Helga ging – völlig fertig mit den Nerven – in ihren Stammkonsum, um die Grundzutaten wie Butter, Staubzucker, Eier und Mehl einzukaufen. Vielleicht hatte ja Martha, die Konsumfrau, dieses oder jenes unterm Ladentisch? Hiesiger Kakao wäre immerhin besser als gar keiner.

„Mensch, Helga“, begrüßte sie Martha, „Was ist denn mit dir los? Du siehst ja aus wie drei Tage durchgemacht.“

„Ach, hör mir auf! Ich warte schon seit drei Wochen auf mein Westpaket. Hab am Sonnabend ‘ne Silberhochzeit mit vierzig Kuchen und mein Zeug ist nicht da. Hast du wenigstens noch bissel was auf Lager?“

Martha schaute ihre Stammkundin schelmisch an: „Klar hab ich was da, aber das verkauf ich dir nicht.“

Verdattert stammelte Helga: „Was ist denn in dich gefahren? Das kannst du jetzt nicht machen!“

Die Konsumfrau lachte: „Du brauchst mein Zeug nicht. Geh heim, dein Paket kommt heute an. Mein Mann hat‘s gestern kontrolliert.“

* * *

Baumklau auf der Katze

An einem Sonnabendvormittag kurz vor Weihnachten irgendwann in den siebziger Jahren machte Heinz sich auf, einen Baum für das Fest zu besorgen. Er hätte ihn einfach bei der HO kaufen können, aber wer weiß, wie lange diese Bäume schon geschlagen waren, und die schönsten waren es auch nicht gerade. Außerdem wuchsen auf den Bergen rings um Saalfeld Unmengen von Nadelbäumen; da wäre es Sünde gewesen, Geld für so ein Bäumchen auszugeben. Heinz warf also eine alte Decke und die Säge in seinen Wartburg-Kombi und fuhr hinauf auf die Katze.

Dieser Flurname bezeichnete den Ort, wo vor langer Zeit angeblich die letzte Wildkatze der Gegend geschossen worden war. Dort hatte er im Sommer beim Heidelbeerpflücken ein paar schön gewachsene junge Kiefern entdeckt und sich vorgemerkt. Denn eine Kiefer sollte es sein. Eine Fichte durfte er seiner Ingrid nicht ins Haus bringen, da gäbe es Ärger. Fichten nadelten angeblich schon nach drei Tagen und von der letzten hatte Ingrid noch im April beim großen Osterputz Nadeln in der Wohnung gefunden.

Es lag Schnee aber es schneite nicht und die Sonne lugte hin und wieder zwischen den Wolken hindurch. Auf dem Bergrücken angekommen, parkte Heinz seinen Wartburg an einer Kreuzung, die vom Forstwirtschaftsbetrieb großzügig geräumt worden war, schnappte sich die Säge und bog auf einen ebenfalls geräumten Waldweg ein. So kam er flink voran bis zu der großen Buche, hinter der er zwanzig Meter in den Wald eindrang. Dort warteten schon seine kleinen Kiefern auf ihn. Durch kräftiges Schütteln befreite er vier Bäumchen vom Schnee, um seine Wahl zu treffen. Das linke war ein Prachtstück – dicht bezweigt und ebenmäßig gewachsen. Schnell war es abgesägt, aber den Strick zum Verschnüren hatte Heinz im Auto vergessen. Dann musste es eben ohne gehen.

Als er den Weg zurück zur Kreuzung marschierte, hörte er fernes Hundegebell aus der Richtung, in die er ging. Wenn das irgendein Förster mit seinen Dackeln war, der ihn hier mit dem Baum erwischte, würde er Strafe zahlen müssen. Das würde teurer werden als bei der HO.

Das Gebell näherte sich. Heinz schaute sich um. Es gab keine Abzweigung. Der Weg verlief in die entgegengesetzte Richtung schnurgerade. Wenn der vermeintliche Förster um die nächste Kurve käme, würde er ihn sehen. Wenn er seitlich in den Wald ginge, hinterließe er eine deutliche Spur im Schnee. Kurz entschlossen rammte er den Stamm seiner Kiefer in eine Schneewächte am Wegesrand. Dann schlenderte er weiter wie ein beliebiger Spaziergänger.

Bis ihm die Säge einfiel. Schnell warf er sie seitlich zwischen die Fichten. Sie versank im Schnee, und schon kamen zwei fröhliche Dackel um die Kurve gerannt, gefolgt von einer kleinen Gruppe Wanderer. Ein Mann pfiff die Hunde zurück und erkundigte sich dann bei Heinz, ob es noch weit zum Kulmberghaus sei. Heinz antwortete ihm, wünschte einen schönen Tag und ging erleichtert weiter, bis Geschwätz und Gebell verklangen.

Dann machte er kehrt und holte seinen Baum. Nun musste er nur noch die Säge finden. Angestrengt spähte er seitlich in den Wald, wo die Spur der versunkenen Säge eigentlich deutlich zu sehen sein sollte. Das war sie leider nicht. Als Heinz glaubte, schon weit an der Wurfstelle vorbei zu sein, legte er sein Bäumchen ab und ging zurück. Mehrmals schritt er die Strecke ab, wo die Säge liegen musste – ohne Erfolg. Ärgerlich beschloss er, die Suche aufzugeben. Ihm wurde kalt und seine Ingrid fragte sich sicher schon, warum er so lange ausblieb.

Er erreichte ohne weiteren Zwischenfall die Kreuzung, verschnürte die Kiefer, wickelte sie in die alte Decke und schob sie in seinen Kombi. Als er seinen Wartburg von der Katze hinunter in die Stadt lenkte und sich ausmalte, wie im nächsten Sommer irgendwelche Beerensucher eine verrostete Säge im Preiselbeergesträuch finden würden, während er nun gezwungen war, sich eine neue anzuschaffen, knurrte Heinz grimmig: „Da hätte ich den Baum auch bei der HO kaufen können!“

* * *

Sowjetischer Besuch am Heiligabend

Ich war in der fünften Klasse und es ging auf Weihnachten zu. Eines Abends kam mein Vater von der Arbeit und sagte zu meiner Mutter: „Wir müssen Weihnachten einen Russen nehmen.“ Mutter verstand nicht gleich, was er meinte. Er erklärte ihr, dass sein Abteilungsleiter vorbildliche Kollegen, wie er schließlich einer sei, dazu verdonnert habe, am 24. Dezember einen Sowjetsoldaten einzuladen. „Völkerfreundschaft und so“, sagte Vater. Mutter schüttelte nur den Kopf und murmelte: „So etwas hat es noch nie gegeben.“

Am Nachmittag des 24. Dezembers hielt vor unserem Haus ein Lkw vom Typ Ural. Hinten sprang ein junger Soldat heraus. Vorn stieg ein Offizier aus, begleitete ihn an unsere Haustür, klingelte und ging wieder zum Auto.

Es stellte sich heraus, dass Wolodja außer „Guten Abend, ich freue mich“ kein Wort Deutsch konnte. Meine Eltern sprachen weder Russisch noch verstanden sie es. Seit September hatte ich in der Schule Russischunterricht gehabt. Da war noch nicht viel, was ich hätte einbringen können. Ich konnte das russische Alphabet zur Melodie von „Ein Männlein steht im Walde“ vorsingen, aber das hätte die Konversation auch nicht sonderlich vorangebracht. Ich schüttelte dem Soldaten die Hand und sagte ihm in meinem schönsten Schulrussisch, dass ich Holger hieße und zehn Jahre alt sei. Er lachte, klopfte mir auf die Schulter und sagte etwas, was ich nicht verstand. Ich lief schnell in mein Zimmer und schrieb es sinngemäß auf. Ich besaß zwar ein Wörterbuch, konnte aber noch nicht damit umgehen. Später, im neuen Jahr, fragte ich meine Russischlehrerin; die meinte, es könne Molodjez heißen, Prachtkerl. Das gefiel mir.

Mutter bat uns mit Gesten an den Kaffeetisch. Wolodja aß drei Stück Stollen und sagte zwischendurch mehrmals „gutt". Das sollte wohl heißen, dass es ihm schmeckte. Mutter freute sich und bedeutete ihm lächelnd, mehr zu nehmen, bis er sich die Hand auf den Bauch legte und den Kopf schüttelte. Wir wechselten vom Kaffeetisch zur Sitzecke und wussten erst einmal nicht weiter. Mutter rettete die Situation, indem sie die Geschenkpakete aus dem Schlafzimmer holte. Sie drückte jedem eins in die Hand, auch Wolodja, und sagte an ihn gewandt: „Bescherung." Wolodja nickte und wiederholte: „Bescherung." Ich kann mich nicht mehr an mein Geschenk erinnern, aber im Päckchen unseres Gastes befanden sich eine Flasche Wodka und ein buntgestreifter Schal, den meine Mutter selbst gestrickt hatte. Der Soldat stand auf, legte sich den Schal um und hielt eine kleine Rede. Vermutlich bedankte er sich. Dann ging er in den Flur zu seinem Mantel, kam mit einem Päckchen zurück und überreichte es Mutter. Darinnen befanden sich eine Matrjoschka und zwei bunt bemalte Holzlöffel.

Ich knuffte meinen Vater in die Seite, bis er aufsprang und endlich das Geschenk für Mutter holte, das er beinahe vergessen hätte. Wir hatten gemeinsam ein paar

Kosmetikartikel gekauft und uns bei der Auswahl völlig auf die Meinung der Verkäuferin verlassen. Mutter legte ihr Geschenk wortlos unter den Baum und verzog sich in die Küche, um das Abendessen vorzubereiten, während wir im Fernsehen eine Kindersendung ansahen, wovon unser russischer Gast wahrscheinlich nicht viel hatte.

Danach legte meine Mutter Wolodja das Fotoalbum vor, in das Vater immer unsere Urlaubsbilder einklebte. Wolodja schaute die Bilder aufmerksam an. Hin und wieder deutete er erst auf ein Foto, dann auf einen von uns und lachte. Endlich war es Zeit für das Abendessen. Vater zeigte auf sich und die Schüssel mit dem Heringssalat, um zu verdeutlichen, dass er diesen wie jedes Jahr selbst zubereitet hatte. Der junge Mann musste wohl verstanden haben, dass Vater den Salat allein essen wollte, denn er traute sich nicht, davon zu nehmen. Ich gab ihm einfach eine Portion auf den Teller. Wir aßen, lächelten zwischendurch unseren Gast an und wussten dann wieder nicht weiter; bis Vater auf die Idee kam, den Weinbrand aus dem Schrank zu holen und mit Wolodja auf die Völkerfreundschaft anzustoßen. Mutters Blicke ignorierend, schenkte er gleich noch einmal nach. Er begann von seiner Arbeit im Betrieb zu erzählen, wozu Wolodja freundlich nickte. Darüber wurde die Weinbrandflasche langsam leer.

Schließlich hupte es draußen dreimal. Unser Gast sprang auf, zog sich an und bedankte und verabschiedete sich hastig. Jedenfalls vermuteten wir das. Seine Zunge war schon etwas schwer. Meine Mutter und ich schauten aus dem Fenster und sahen, wie Wolodja mit unsicheren Bewegungen hinten auf den Ural kletterte. Aus dem Wagen klang Gesang.

Der Lkw fuhr drei Häuser weiter und hielt erneut. Dort wohnte Vaters Kollege Rolf. Aus dessen Haustür schwankte ebenfalls ein Sowjetsoldat und stieg auf. Wir gingen zurück ins Wohnzimmer, wo Vater im Sessel schon fast eingeschlafen war. Er rappelte sich auf und fragte Mutter: „Ob sie das nächstes Jahr wieder machen?“ „Ich glaube nicht“, sagte Mutter.

Zum nächsten Weihnachtsfest, als ich schon etwas mehr zur Konversation hätte beitragen können, kam kein russischer Besucher mehr. Ich hörte auch später nie wieder von einer solchen Aktion.

Günthers Weihnachtsbaum-Macke

20. Dezember. Gabi legt die neue Weihnachtsdecke auf das Tischchen, streicht sie glatt und holt die Vase mit den Tannenzweigen, um sie darauf zu stellen. Sie trägt sie vorsichtig durch das Wohnzimmer, denn der Strauß nadelt schon beträchtlich. Ihn zu erneuern lohnt nicht mehr, denn in Kürze soll an dieser Stelle der Christbaum stehen. Wenn es nach ihr ginge, stände er schon längst auf seinem Platz.

In ihr regt sich leichter Groll. „Alter Starrkopf“, murmelt sie vor sich hin, weil Günther, ihr Mann, partout an seinem Ritual festhalten will. Das heißt, der Baum wird erst am 23. Dezember geholt und am Heiligabend-Nachmittag aufgestellt.

Der nächste Gedanke stimmt sie wieder versöhnlicher: Zumindest besteht er diesmal nicht auf einem so großen Weihnachtsbaum wie in den Jahren zuvor! Allein das hat sie ein gutes Stück Überzeugungsarbeit gekostet.

In den ersten Ehejahren fand Gabi es noch rührend, dass ihr Mann eisern an der Tradition festhielt, die er von seinem Elternhaus mitgebracht hatte. Sein Vater hatte den Baum früher stets am 23. Dezember aus dem Wald geholt. Auch dann noch, als das eigentlich schon verboten war. Später habe er sich mit dem Revierförster geeinigt, und als auch das nicht mehr funktionierte, habe er sich einen Baum beiseite stellen lassen. Immer einen schönen großen, der vom Fußboden bis zur Decke reichte. Voller Inbrunst erzählte Günther, wie sie selbst als Kinder das Wohnzimmer ab Mittag nicht mehr betreten durften, wie schön seine Mutter dann den Baum geschmückt habe und so fort. Alle Jahre wieder die gleiche Geschichte.

Gabi fand sie von Jahr zu Jahr weniger rührend, stattdessen zunehmend nervig. Erst recht, als ihre beiden Kinder da waren und sie selbst – nunmehr „die Mutter“ – sich am gemütlichen Heilig-Nachmittag allein mit dem Lametta herumärgerte, während er – der Papa – mit den Sprösslingen im Kinderzimmer spielte.

Einmal hing deswegen sogar der Haussegen schief. Gabi hatte ihren Mann angezischt: „Ich bin aber nicht deine

Mutter!“ Und wenn er den Baum erst jetzt bringe, solle er ihn gefälligst auch selber putzen. Günther hatte sie völlig entgeistert angeschaut, aber dann tatsächlich den Baumputz übernommen.

Allerdings hatte er die elektrische Lichterkette erst zum Schluss angebracht und fortan schmückte Gabi den Baum doch lieber wieder selbst. Zähneknirschend zwar, aber schweigsam, um des lieben Friedens willen.

Günther war auch dann nicht von seinem Ritual abgerückt, als der pubertierende Nachwuchs während der nachmittäglichen Wartezeit schon längst nicht mehr mit Papa im Kinderzimmer zu spielen gedachte. Stoisch hatte er die familiären Witzeleien zu seiner Weihnachtsbaum-Macke ignoriert und sich in den Keller verdrückt.

In den vergangenen beiden Jahren nahm seine Frau den Baumkult gelassen hin; den Heiligabend verbrachte sie mit Günther allein. Sie räumte die Grünpflanzen ins frühere Kinderzimmer, er stellte den bis zur Zimmerdecke reichenden Baum auf, verschanzte sich im Schlafzimmer vorm Computer und wartete, bis er feierlich hereingerufen wurde.

21. Dezember. In diesem Jahr findet das Fest erstmals in großer Familienrunde statt; dennoch völlig anders als bisher.

Tochter Lisa wird morgen mit ihrem Mann und dem vierjährigen Jonas zu Besuch kommen, ebenso Sohn Jan, erstmals mit Freundin. Die Unterbringungsfrage ist pragmatisch gelöst worden. Lisas Familie wird im Schlafzimmer einquartiert, Jan mit Freundin im alten Kinderzimmer, die Eltern kampieren auf dem Schlafsofa im Wohnzimmer.

Seit ein paar Tagen schon sind die Betten bezogen. Die Geschenke liegen verpackt, beschriftet und dekoriert im Kleiderschrank. Das Festessen ist vorbereitet, der Tiefkühlschrank gut gefüllt. Schließlich will man die Zeit in Familie genießen und nicht stundenlang in der Küche zubringen. Deshalb hat Gabi auch beschlossen, die Klöße diesmal nicht nach alter Manier selber zu machen, sondern fertige zu kaufen. Ihre einzige Sorge ist im Moment, dass die Kinder wohlbehalten ankommen, denn inzwischen hat der Winter Einzug gehalten.

22. Dezember. Der Tag präsentiert sich wie im Bilderbuch mit strahlend blauem Himmel über der verschneiten Landschaft. Kein Stau, keine Verspätung bei der Bahn!

Der große festlich gedeckte Ausziehtisch steht in der Mitte des Wohnzimmers, rundherum sieben Stühle. Zwei davon sind aus der Nachbarschaft geborgt. Günthers Blick schweift durch den Raum. „Ich hatte doch eine gute Idee, den Baum diesmal auf das Tischchen zu stellen.“ Gabi stimmt ihm zu, lobt ihn gebührend und denkt: Ist ja egal, wessen Idee es war.

„Bei Nachbars ist der Baum schon geschmückt“, erwähnt sie nebenbei, in der Hoffnung, dass er vielleicht auf eine weitere geniale Idee kommt.

Günther überhört die Bemerkung, schenkt sich Kaffee ein, klappt den Laptop auf und vertreibt sich die Zeit bis zum Eintreffen der Nachkommenschaft.

23. Dezember: Vor zwei Stunden hat sich die Familienrunde um den großen Tisch zum Frühstück eingefunden. Die Kaffeemaschine blubbert, die Kerzen im Adventskranz sind am Niederbrennen.

Jonas hat es sich zusammen mit Opa Günther und ein paar uralten Bilderbüchern auf dem Sofa gemütlich gemacht. Der Junge, beteuert seine Oma, komme vom Aussehen her ganz nach seiner Mutter. Oder doch eher nach seinem Onkel Jan? Man wird sich nicht so recht einig darüber und schwupps, steht der Karton mit den alten Familienfotos auf dem Tisch. Schwarzweiß-Aufnahmen aus frühen Jahren, Farbfotos ab 1990. In den letzten Jahren, seit Einzug der Digital- und Handy-Ära, sind kaum noch welche hinzugekommen. Vor allem jene Bilder von vergangenen Weihnachtsfesten machen die Runde. Aus welchen Jahren sie stammen könnten, ist am ehesten an Lisas und Jans Größe, der Kleidung und den Geschenken auszumachen. Am Weihnachtsbaum nicht, denn der steht immer am gleichen Platz, ist annähernd gleich geschmückt und reicht stets bis zur Decke.

Lisa gibt ihrer Mutter eines der Fotos, zeigt auf den Baum und bemerkt: „Das wird nun aber eng inzwischen."

Gabi grinst: „Diesmal wird es ein kleinerer, der kommt auf das Tischchen."

Lisa schielt zum Vater, lächelt ihre Mutter verschmitzt an, nickt anerkennend und hält den Daumen hoch.

Günther schaut vom Bilderbuch auf. „Ach, der Baum? Ja, das haben wir schon bedacht," und vertieft sich wieder ins Gespräch mit seinem Enkel.

Gegen zwölf räumt Gabi das Frühstücksgeschirr in die Spülmaschine, holt die Nudelsuppe vom Balkon und bemerkt nebenbei an ihren Mann gerichtet, dass er doch heute Vormittag den Baum holen wollte. Er schaut zur Uhr und sagt: „Gleich nach dem Essen zieh ich los."

Jonas blickt seinen Großvater entrüstet an. „Du hast mir doch versprochen, dass wir Schlitten fahren." Günther setzt ihn auf seinen Schoß. „Wir zwei gehen zusammen auf den Weihnachtsmarkt. Da kannst du Karussell fahren und wir kaufen einen schönen Baum. Du darfst ihn sogar aussuchen. Na? Ist das nicht eine tolle Idee?"

Jonas will weder Baum aussuchen noch Karussell fahren; und Weihnachtsmarkt habe er zu Hause auch, einen Schlittenberg gleich hinterm Haus aber nicht. „Opa, du hast es versprochen!"

Opa schaut ziemlich hilflos drein. Nach einem Augenblick familiären Schweigens sagt Lisa, sie wollten auch nochmal in die Stadt, ein paar Kleinigkeiten besorgen. Und an ihre Mutter gewandt: „Ist noch irgendwas mitzubringen?"

„Nein, eigentlich nicht. Es sei denn ...", Gabi zögert einen Augenblick und schaut wieder zu Günther. „Was wird denn nun mit dem Baum?"

„Den können wir doch auch mitbringen", mischt sich der Schwiegersohn ein. „Wäre doch Unsinn, wenn du nur des Baumes wegen auch noch losziehst."

„Hast Recht", antwortet Günther, als sei das Thema Christbaum das unwichtigste überhaupt. „Aber nehmt einen ganz kleinen, am besten den kleinsten, den ihr kriegt." Gabi und Lisa grinsen einander an.

„Und wir zwei," Günther stupst seinen Enkel an, „wir gehen dann raus zum Schlittenberg." Jonas jubelt und schlingt seine Ärmchen um Opas Hals.

Am Nachmittag steht Gabi am Küchenfenster und beobachtet das Treiben auf dem Schlittenberg. Dort herrscht Hochbetrieb. Auch Jan und Freundin sind mit von der Partie; es ist gar nicht so leicht, sie in dem Gewusel auszumachen.

Gabi beschließt, schon mal den Karton mit dem Christbaumschmuck aus dem Keller zu holen. Wer weiß, denkt sie, vielleicht lässt sich der Opa doch überreden, den Baum schon heute aufzustellen. Sie könnte ja Jonas fragen, ob er nicht gern den Baum mit schmücken will. Immerhin hat der Junge bei seinem Großvater einen beträchtlichen Sinneswandel bewirkt, was ihr in all den Jahren nicht gelungen ist.

Als es dämmert, kommen die Schlittenfahrer wieder herein. Der Kaffee duftet, der Stollen ist aufgeschnitten, der Tisch gedeckt und mit goldenen Sternchen dekoriert. In Reichweite ihres Enkels hat Gabi zwei Strohsterne und eine rote Kugel mit der Aufschrift „Frohes Fest" platziert. Lisa hat eine Nachricht geschrieben, dass sie auf dem Rückweg seien und in Kürze einträfen.

Jonas bewundert die Schmuckstücke neben seiner Kakaotasse. „Darf ich das an den Weihnachtbaum hängen?" Großpapa versichert, aber natürlich dürfe er das. Und Großmama denkt: Es könnte klappen.

Als er seine Eltern den Flur betreten hört, flitzt er ihnen entgegen. „Das ist ja ein richtiger Jonas-Baum!" ruft er begeistert.

Günther wirkt für einen Moment erstarrt, als er das Bäumchen in Augenschein nimmt. Es ist eine Topfpflanze mit einer Gesamthöhe von etwa 40 Zentimetern. Einschließlich Topf! Doch als Lisa verkündet: „Er war der kleinste, den wir kriegen konnten", stimmt auch er ins allgemeine Gelächter ein.

Das Bäumchen darf sofort seinen Standort auf dem Tischchen einnehmen und Jonas hängt feierlich die beiden Strohsterne an. Die Kugel bekommt einen Ehrenplatz daneben.

Nach dem Kaffeetrinken bringt Gabi die Kiste mit dem Baumschmuck wieder in den Keller und verkündet anschließend: „Morgen nach dem Mittagessen kommt Oma auch mit Schlittenfahren."

Günther setzt sich mit seinem Enkel in die Sofaecke: „Und jetzt erzähle ich dir, wie es bei uns zu Weihnachten war, als ich so alt war wie du ..."

* * *

Bratapfelnachmittag

Seit Jahren treffen sich die drei Freundinnen Elke, Margit und Désiré in der Vorweihnachtszeit zum Bratapfelnachmittag. Dabei spielen die Bratäpfel eine untergeordnete Rolle. Wichtig ist ihnen der Austausch darüber, was man zum Fest kochen und schenken solle. Allerlei Klatsch und Tratsch fällt nebenbei an. Da Désiré, die die Äpfel aus ihrem Garten in Schöps beisteuert, sich verspätet hatte, schmurgeln diese gefüllt mit einer Marzipan-Konfitüre-Aprikosengeist-Mischung noch in der Backröhre, als die erste Runde Kaffee ausgeschenkt wird.

„Warum kommst du eigentlich so spät?“, will Elke wissen.

„Morgen ist bei uns im Dorf Weihnachtsbaumsetzen und die anschließende Feier findet diesmal in unserer Scheune statt. Bei den Vorbereitungsarbeiten habe ich die Zeit vergessen.“

„Weihnachtsbaumsetzen?“, staunt Margit. „Ich kenne nur Maibaumsetzen.“

„So ähnlich ist es auch“, lacht Désirée, „nur dass es in Schöps eben vor Weihnachten stattfindet. Die Männer holen einen großen Baum aus dem Wald. Er wird geschmückt und im Dorf aufgestellt. Danach feiern alle gemeinsam. Die Frauen sind natürlich auch dabei. Kommt doch morgen nach Schöps und schaut es euch an!“

Die Idee finden beide gut. Von der Backröhre her breitet sich Bratapfelduft aus und das Gespräch kreist um die erworbenen oder noch zu beschaffenden Dinge.

„Als wir noch Kinder waren“, meint Elke, „mussten wir uns vor Weihnachten nicht so viele Gedanken machen. Wir haben uns einfach auf das gefreut, was auf dem Gabentisch liegen würde.“

„Da fällt mir der Heiligabend 1965 ein“, sagt Margit. „Das Gesicht meines Bruders beim Auswickeln dieses Geschenks bleibt mir unvergesslich. Sein Patenonkel Horst wohnte in Sangerhausen und Volker durfte ihm jedes Jahr einen Wunschzettel schicken. Das Paket kam rechtzeitig mit der Post und meine Mutter legte es unter den Weihnachtsbaum. Keine Ahnung, wie Horst es anstellte, aber Volker bekam immer, was er sich gewünscht hatte. Außer 1965!“ Margit kichert. „Mein Bruder ging damals in die zweite Klasse. In seiner Schule gab es Stabilbaukästen; diese Baukästen mit verschieden langen Metallschienen mit Löchern, dazu Schrauben, Muttern, Haken und Winden. Im Werkunterricht bauten sie damit die tollsten Dinge. Mein Bruder wollte unbedingt so einen Baukasten haben und freute sich deshalb besonders auf Weihnachten. Endlich war es so weit. Unsere Mutter zeigte auf ein rot eingewickeltes Päckchen und sagte: ‚Das ist von Onkel Horst‘. Volker riss es auf. Zum Vorschein kam eine Puppe mit langen blonden Haaren.“

„Was ist denn da passiert?“, fragt Désirée.

„Horst hatte noch ein Patenkind, ein kleines Mädchen in Tabarz. Sie hatte sich die Puppe gewünscht. Der gute Onkel hatte versehentlich die Adressen verwechselt. Die beiden Mütter setzten sich in Verbindung, um die Geschenke auszutauschen, aber das Mädchen rückte den Stabilbaukasten nicht wieder heraus. Volkers Puppe bekam ich."

Elke serviert die Bratäpfel, stellt dazu Schlagsahne und Mandelstifte auf den Tisch und füllt die Kaffeemaschine neu. „Da fällt mir auch etwas zum Thema Geschenke ein", schmunzelt sie. „Einmal bekam ich zu Weihnachten ein Puppen-Kaffeeservice: Kanne, Milchkännchen, Zuckerdose, Tassen und Untertassen. Alles wie bei einem richtigen Service mit Streublümchen und Goldrand. Eine Freundin meiner Mutter, die in Königsee im Porzellanwerk arbeitete, hatte es besorgt. Einige Tage nach Weihnachten war es verschwunden. Ich suchte es überall und machte das ganze Haus verrückt. Alle Familienmitglieder hatte ich schon danach gefragt, bis auf meine große Schwester, die mit ein paar Freundinnen in ihrem Zimmer saß. Sie waren schon sechzehn und wollten von mir nicht gestört werden. Schließlich ging ich doch zu ihnen hinein. Und was sah ich da? Sie tranken Kaffee aus meinen Tässchen und knabberten Plätzchen dazu. Meine Schwester hatte mein Spielgeschirr zum Mokkaservice erklärt und gab damit vor ihren Freundinnen an. Denen habe ich aber etwas erzählt!"

Désirée leckt sich die klebrigen Finger ab und sagt stirnrunzelnd: „Mit euren Erlebnissen kann ich nicht mithalten. Mir fällt nur ein, dass mein Vater, der bis heute überzeugter Vollbartträger ist, einmal von einer Bekannten Rasierwasser bekam. Er fasste das als Aufforderung zur Bartschur und unzulässige Einmischung in seine Angelegenheiten auf und sprach danach mindestens ein Jahr lang nicht mit der Frau."

„Rasierwasser ist ziemlich fantasielos", meint Elke und das Gespräch wendet sich wieder den Einkäufen für das diesjährige Fest zu, bis der Kaffee ausgetrunken ist und die Äpfel verzehrt sind. Als sie sich an Elkes Tür verabschieden, erinnert Désirée die Freundinnen: „Wir sehen uns morgen zum Weihnachtsbaumsetzen in Schöps!"

Eleonores Kirchgang

Eleonore Wagner schaute hinauf zum Kruzifix über ihrem Bett und betete stumm: Lieber Herrgott, mach, dass ich es schaffe! Ihr nächster Blick galt dem Wetter. Sie öffnete das Fenster. Draußen herrschte klirrende Kälte. Zum Glück schneite es nicht mehr. Sie streichelte über den Griff ihres Rollators und sagte: „Sepp, wir wagen es. Nächstes Jahr kann es zu spät sein." Sepp hatte Lores längst verstorbener Dackel geheißen. Er war ihr auf Schritt und Tritt gefolgt. Deshalb nannte sie den Rollator Sepp, dem nun sie auf Schritt und Tritt folgen musste.

Das Pflegeheim befand sich am Rand eines modernen Stadtteils, der an ein inzwischen eingemeindetes Dorf grenzte. In der Mitte des Dorfes stand die alte Kirche, die Lore heute aufsuchen wollte. Die Christvesper würde um 18 Uhr beginnen. Es war Zeit aufzubrechen.

Sie musste es heimlich anstellen. Sie konnte niemanden bitten, sie zu begleiten. Am Heiligabend kam keine von den freiwilligen Helferinnen. Das Personal war ausgelastet. Einige Pflegerinnen hatten Urlaub, zwei waren krank. Verständnis für ihren Wunsch konnte sie nicht erwarten, denn am Vormittag hatte unten im Gemeinschaftsraum die junge Pastorin, die alle zwei Wochen kam, einen Gottesdienst für die gläubigen Heimbewohner abgehalten. Warum dann noch in die Dorfkirche gehen? Allein ließe man sie bei diesem Wetter nicht dorthin. Man würde sie besorgt zurückhalten. Da war sie sich sicher. Erklären, warum ein Gottesdienst im Gemeinschaftsraum nicht dasselbe war wie in einer Kirche, gerade zu Weihnachten, konnte sie nicht. Es war einfach ein Gefühl, eine Sehnsucht. Sie hoffte, dass die Pastorin nicht gekränkt sein würde, wenn sie von ihrer Eskapade erführe. Lore zog Schal und Wintermantel an. Kopftuch und Handschuhe stopfte sie in die Taschen. Auf Sepp gestützt verließ sie ihr Zimmer. Durch die offene Küchentür rief sie der Pflegerin Tina zu: „ Für mich heute kein Abendbrot! Ich gehe zu Frau Dietrich im Wohnbereich 3 und esse bei ihr.“ Tina nickte und fragte dann: „Im Mantel, Frau Wagner?“ Darauf war Lore gefasst. „Ich gehe kurz auf die Terrasse nach dem Wetter schauen.“

Die erste Hürde war genommen. Sie ging zum Fahrstuhl und fuhr ins Erdgeschoss. Vor der Rezeption drehte sie in Richtung Terrasse ab. Aus dem Haupteingang hätte man sie bei diesem Wetter nicht allein gehen lassen, aber die Hintertür zum Hof war tagsüber nicht verschlossen. Der große Gemeinschaftsbereich war menschenleer. Sie näherte sich der Hoftür, als plötzlich in ihrem Rücken eine Stimme ertönte: „Lore, Lore! Willst du spazieren gehen? Nimm mich mit!“ Lore fuhr erschrocken herum und sah Grete hinter dem hohen Zeitschriftenständer stehen. Sie trug Jogginghosen und einen kurzärmligen Pulli. Erleichtert atmete sie auf. Es war nur Grete und die war nicht mehr ganz richtig im Kopf und redete oft wirres Zeug. Falls Grete jemandem erzählte, Lore wäre ausgegangen, würde ihr niemand glauben. „Grete, du kannst nicht mitkommen. Draußen ist es kalt und du hast nichts an. Geh dir etwas anziehen, dann kannst du spazieren gehen!“ Die Frau trottete gehorsam davon. Lore band sich das Kopftuch um, streifte die Handschuhe über und trat aus der Tür.

Der Hinterausgang war nicht für die Bewohner gedacht, sondern für Lieferanten und Angestellte, die ihre Autos hinterm Haus parkten. Keine Barrierefreiheit, fünf Stufen führten hinunter auf den Hof. Lore hatte sich Gedanken gemacht, aber keine Gelegenheit zum Üben gehabt. Mit der linken Hand umfasste sie die Laufstange des Geländers, die Hüfte presste sie gegen die lotrechten Streben. Ihre rechte Hand fasste den linken Rollatorgriff und schob das Gefährt die ersten zwei Stufen hinab. Vorsichtig setzte sie die Füße eine Stufe tiefer, um den Vorgang zu wiederholen. Der Rollator, der nur mit den Hinterrädern auf der Stufe stand, kippte nach vorn, ratterte die Treppe hinunter und riss Lores rechten Handschuh mit. Erschrocken schaute die alte Frau sich um. Nichts rührte sich. Sepp stand brav und aufrecht einen Meter vor der Treppe. Der Handschuh lag ein Stück daneben im Schnee. Sich mit beiden Händen abstützend, schob sich Lore die restlichen Stufen hinab. Die ungeschützte rechte Hand wurde eiskalt.

Unten angekommen umklammerte sie mit einer Hand das Ende des Geländers und streckte die andere nach dem Rollator aus. Sie zog ihn heran und drückte den Bremshebel nach unten, bevor sie sich auf das Gerät stützte. Den Handschuh zu erreichen war schwieriger. Nicht wegen der Weite, sondern wegen der Tiefe. Das Bücken war problematisch. Nach vorn beugen konnte Schwindel erzeugen, dann würde sie womöglich fallen. Wenn sie versuchte, in die Knie zu gehen, käme sie vielleicht nicht wieder hoch. Entscheide dich, Eleonore! An Sepp geklammert beugte sie die Knie und griff nach dem dicken Handschuh. Sie atmete tief ein und zog sich langsam an dem Gestell nach oben, wobei sie darauf achtete, so zu greifen, dass dessen Gleichgewicht gewahrt blieb.

Kurz plagte sie die Vorstellung, wie man sie hier unter ihrem Rollator begraben auf den Betonplatten finden würde. Das wäre eine Blamage. Wer weiß, ob man sie überhaupt vor morgen früh fände. Als sie endlich aufrecht stand, musste sie verschnaufen. Sie würde es schon schaffen, nein, sie würde es ganz sicher schaffen.

Der Anstieg über den Hof zur Straße verlief sanft. Streugut knirschte unter ihren Sohlen. Herr Reuter, der Hausmeister, hatte gut gearbeitet. Auf dem Gehweg angekommen, wandte sie sich nach links in Richtung des alten Dorfkerns. Die oben am Berg thronende Burgruine erstrahlte in gelbem Licht. Das sah schön aus, doch Lore fragte sich, was die Fledermäuse davon hielten, die früher dort wohnten. Waren sie weggezogen oder hatten sie sich mit der verkürzten Nacht abgefunden? Momentan war das jedoch nicht wichtig, denn falls sie noch lebten, machten sie irgendwo Winterschlaf. Für Lores Weg war jedenfalls Helligkeit besser als Dunkelheit. Die Straßenlaternen leuchteten und entlang des Heimgeländes war der Gehweg sauber vom Schnee geräumt und gestreut. Sie würde dem fleißigen Herrn Reuter fünf Euro geben, wenn er morgen käme, um schöne Weihnachten zu wünschen. Der Gehweg knickte ab in Richtung des nächsten Wohnblocks und verlief einen Meter von der Straße entfernt parallel zu dieser weiter. Hier war nicht so sorgfältig geräumt. Unter Schneeresten verbargen sich Eisbuckel. Der Rollator holperte. Lore ging langsam mit tastenden Schritten. Nur nicht hinfallen! Sie hatte von anderen Heimbewohnern genügend Geschichten von Oberschenkelhalsbrüchen und künstlichen Hüftgelenken infolge von Stürzen aus Unachtsamkeit gehört. Die Hände um die Griffe geklammert, schlurfte sie voran. Der Gehweg endete an einem Ziergebüsch. Links führte ein Plattenweg zum letzten Hauseingang des Blocks. Rechts hinter einem Meter beschneiter Wiese türmte sich ein Schneewall, den der Schneepflug von der Straße zur Seite geschoben hatte. Vor Jahren wäre ich mit einem großen Schritt darüber hinweg gewesen, dachte sie. Das ging nicht mehr, wie so vieles, von Sepp ganz zu schweigen. Die Straße war eine unbedeutende Seitenstraße. Kein Mensch war unterwegs. Die Fenster des Studentenwohnheims gegenüber waren dunkel bis auf zwei. Vermutlich wohnten dort ausländische Studenten, für die die Heimreise über Weihnachten zu weit oder zu teuer war. Oder sie hatten in ihrer Heimat andere Feiertage. Lore drehte vorsichtig um und schob sich und ihr Gefährt zurück. Es ging leicht aufwärts. Ihr keuchender Atem erzeugte vor ihrem Mund eine Wolke. Nicht aufgeben, Eleonore Wagner, sagte sie zu sich, du hast genügend Zeit eingeplant.

Am Knick angelangt konnte sie vom Fußweg auf die Straße wechseln. Mit der Bordsteinkante kam sie klar. Der Schneepflug hatte die Fahrbahn grob geräumt und mit einem Mittel besprüht, das den restlichen Schnee schmelzen ließ. Autoreifen hatten alles zu Matsch werden lassen. Sepps Räder hatten Mühe durchzukommen und Lore fürchtete wieder zu rutschen und zu stürzen. Auf der gegenüberliegenden Seite gab es keinen Gehsteig, sondern einen Abhang. Sie musste auf der Straße weiterlaufen. Zum Glück kam kein Fahrzeug. Es ging wieder leicht abwärts bis zur Kreuzung mit der alten Dorfstraße. Dort angekommen verschnaufte Lore. Die Hälfte des Weges war geschafft. Die fledermausfeindlichen Burglichter leuchteten noch immer freundlich herab. Lores Füße wurden kalt trotz der dicken Socken, die sie selbst gestrickt hatte, als ihre Finger noch willig waren. Weiter Eleonore!, feuerte sie sich an. Hin und wieder fuhr ein Auto vorbei. Sie wagte nicht, auf der Fahrbahn zu bleiben. Sie drückte Sepps Griffe nach unten, bis die Vorderräder auf dem Gehweg standen, doch die Hinterräder wollten nicht folgen. Der Bordstein war ziemlich hoch und sie hatte zu wenig Kraft, auch sie nach oben zu drücken. Von hinten nahte schwatzend eine Familie. Vielleicht wollten sie zur Kirche oder zu Verwandten, die hier wohnten. Die Frau sagte: „Hallo Oma, können wir Ihnen helfen? Wo wollen Sie denn hin?“ Lore mochte nicht verraten, woher sie kam und wohin sie wollte. Die netten Leute würden sie womöglich zurück ins Heim schleppen. „Ich bin gleich da. Dort vorn. Die Kante ist nur zu hoch.“ Der Mann und die Frau hakten Lore auf beiden Seiten unter und der Junge zog Sepp am Gestänge auf den Gehweg. „Wohin können wir Sie bringen?“, fragte die Frau. „Wollen Sie in die Kirche?“, fragte Lore zurück. „Nein, zu Oma!“, rief der Junge und setzte verschmitzt hinzu: „Dort wartet der Weihnachtsmann.“ „Dann gehen Sie nur. Ich bin ja gleich da.“ Die Leute winkten und gingen forsch weiter.

Vor den Dorfhäusern war der Schnee sorgfältig beiseite gekehrt, aber die Wurzeln alter Bäume hatten stellenweise die Gehwegplatten angehoben. Lore und Sepp kamen nur mühsam voran. Die Kirchglocken begannen zu läuten. Ein plötzlicher Schmerz schoss ihre rechte Wade empor. Sie lehnte sich an einen Gartenzaun. Diese verflixten Krämpfe. Sie stampfte den Fuß mehrmals auf den Boden, bis sie glaubte, dass der Schmerz nachließe. „Los, Sepp!“, murmelte sie. „Es ist nicht mehr weit.“ Durch das Astwerk der hohen Bäume auf dem Friedhof gegenüber konnte sie bereits die hell erleuchteten Kirchenfenster sehen. Es war ein romantisches Bild. Die Glocken verstummten. Die Kirche war ganz nah, aber die Kirchhofsmauer schwang sich in einem weiten Bogen bis zum Eingang des Gotteshauses. Sie hörte Menschen reden und lachen.

Endlich hatte sie es geschafft. Vorm weit geöffneten Kirchenportal drängten sich Leute in dicken Mänteln und Jacken. Ein paar Männer kamen sofort und halfen ihr über die Stufen hinein in die Kirche. Lore stellte den Rollator am Ende des Kirchengestühls ab. Die in der letzten Reihe Sitzenden rückten zusammen und ließen sie Platz nehmen. Jemand reichte ihr ein Gesangbuch. Sie bedankte sich, obwohl sie es nicht benötigte. Die Lieder, die heute gesungen würden, kannte Lore alle. Sie sah sich um. Der Raum war geschmückt mit Gebinden aus Fichtenzweigen, überm Mittelgang hing ein Adventskranz von der Decke, den Platz neben dem Altar füllte eine schön geschmückte Tanne aus, überall leuchteten Lichter. Es gab sogar eine Heizung. Lores Füße wurden allmählich wieder warm. Der Pfarrer trat vor den Altar. Vorn rechts begann eine Frau auf einer elektrischen Orgel zu spielen, die Gemeinde fiel mit Gesang ein. Aus

Eleonore Wagners Erinnerung stiegen all die Christvespern ihres langen Lebens empor und verschmolzen zu dieser heutigen, vielleicht ihrer letzten. Tränen rannen über ihre Wangen und tropften auf die gefalteten Hände. Dabei lächelte sie.

Als der Gottesdienst zu Ende war, ging der Pfarrer zum Ausgang, um alle Teilnehmer persönlich mit einem Händedruck und Wünschen für ein schönes Fest zu verabschieden. Nachdem die letzten gegangen waren, sah er in der hintersten Bank noch eine alte Dame mit herabgerutschtem Kopftuch sitzen. Hinter ihr stand ein Rollator. Sie war ganz allein. Er würde sich wohl um sie kümmern müssen. Lore saß zurückgelehnt in der Bank und dankte stumm ihrem Herrgott. Die Tränen hatte sie abgewischt. Sie war glücklich.

Der seltsame Kunde

Ich arbeitete damals in dem Fleischwarengeschäft in der Töpfergasse genau gegenüber dem großen Psychologiehörsaal der Uni. Ab November, wenn die Kunden ihre Weihnachtsbestellungen aufgaben, war jedes Jahr viel Betrieb. Unser Angebot war etwas Besonderes, weil wir nicht nur Puten und Gänse führten, sondern auch Ungewöhnliches wie Nutria, Pferd und alle Arten Wild. Ich hatte an jenem Tag Frühschicht. Um neun, wenn wir öffneten, war noch nie viel los. Der Trubel begann erst, wenn die berufstätigen Frauen Mittagspause hatten. Ich war also allein im Laden, als ein Mann eintrat, sich im Geschäft umschaute, ein grünkariertes Büchlein aus der Jackentasche zog und zu mir an den Tresen kam.

„Guten Morgen. Ich möchte für den 23. Dezember eine Bestellung aufgeben."

„Gern, der Herr. Was soll es sein?"

„Ich hätte gern zwei Kilo Rump."

„Aha, es soll zum Fest Rumpsteak geben. Da kann ich Ihnen ein schönes Stück vom Angus-Rind anbieten."

„Nein, nein, ich möchte kein Angus-Rind sondern Rump."

„Natürlich, wie Sie wollen. Wir haben auch deutsches Hausrind direkt vom Erzeuger aus der Region. Bio-Hof, wenn Sie das lieber möchten."

Der Mann, der mir recht jung vorkam, kritzelte etwas in sein Büchlein.

„Ich glaube", sagte er, „Sie haben mich missverstanden. Ich möchte kein Rind oder Schwein oder sonst was, sondern zwei Kilo vom echten Rump."

Jetzt war mir klar, dass ich es mit einem völlig ahnungslosen Jüngelchen zu tun hatte, das wahrscheinlich zum ersten Mal das Weihnachtsessen selber zubereiten musste. Ich gab alle Aufklärungsversuche auf, fragte nach seinem Namen, nahm das Bestellbuch und trug ein: 23. Dezember, zwei Kilo Rumpsteak.

„Das wäre es dann, mein Herr. Wenn Sie es vormittags abholen können, müssen Sie nicht so lange anstehen."

„Ich hätte da noch eine Frage", sagte der seltsame Kunde und hatte schon wieder sein Büchlein bei der Hand.

„Warum verkaufen Sie eigentlich vom Rump nur das Steak? Was geschieht mit dem Rest des Tiers? Vom Schwein gibt es Eisbein, Schinken, Kotelett, Schweinebauch und was weiß ich alles. Auch vom Rind werden viele Körperteile gehandelt. Aber vom Rump bekommt man überall nur das Steak. Kommt der Rest in die Wurst oder wird er weggeworfen?"

Jetzt kam ich mir doch veralbert vor.

„Hören Sie, junger Mann, für solche Kindereien habe ich keine Zeit. Wollen Sie das Rump bei mir kaufen oder nicht? Sie können gern in den Wald gehen und sich selbst ein Rump schießen. Dann können Sie auch seine Füße verwerten oder meinetwegen die Ohren."

Die Ladentür wurde geöffnet und mehrere Kunden traten ein. Der Mann murmelte: „Schon gut", und machte sich davon.

Ich dachte mir, den siehst du nie wieder! Aber das war ein Irrtum. Am nächsten Vormittag gegen zehn erblickte ich ihn gegenüber auf der Treppe zum großen Psychologiehörsaal. Er stand inmitten einer Gruppe Studenten, hatte sein grünkariertes Büchlein aufgeschlagen in der Hand und alle schienen sich köstlich zu amüsieren.

* * *

Doris und de Mannln

Sonnabendmorgen des ersten Adventswochenendes 1988. Für Doris und Stephan ist das Weihnachtswunder vorzeitig eingetreten, denn seit einer Woche haben sie ihre eigenen gemeinsamen vier Wände. Eine Neubauwohnung, zwei Zimmer mit Küche, Bad und Balkon. Fernheizung, warmes Wasser, achte Etage, Fahrstuhl!

Doris läuft unentwegt zwischen den Kisten und Säcken, Taschen, Kartons und Bücherstapeln umher, von einem Fenster zum anderen und kann es noch immer nicht fassen. Sie glaubt, dass ihre Gebete, die sie manchmal in ihrem Bett im Lehrlingswohnheim geflüstert hat, erhört worden sind.

Stephan schafft etwas Platz im Chaos, pustet die große Luftmatratze auf und legt die Schlafsäcke drauf. Er weiß, dass seine Forderung – Arbeitsvertrag nur mit Wohnungszuweisung – gezogen hat. Im VEB suchte man händeringend nach Technologen.

Die beiden werden in Kürze das vierte gemeinsame Weihnachtsfest verbringen. Jedoch das erste ohne das vorausgehende Pokern, bei welchen Elternteilen sie am Heiligabend sein würden, am ersten Feiertag und am zweiten. Bei keinem werden sie sein! Nur hier, in ihrer eigenen Wohnung. Erste Besucheranfragen haben sie im Keim erstickt. Keine Zeit, Umzug und so. Endlich allein, nur sie beide.

Stephan legt den Arm um seine Frau. „Ich baue jetzt den Kleiderschrank auf. Machst du uns Kaffee?"

Sie kehrt zurück in die Wirklichkeit, findet sehr schnell den Tauchsieder, den dazugehörigen hohen Alutopf, die Tassen, einen kleinen Löffel und den gemahlenen Rondo. Es duftet nach „Zuhause".

Doris zeigt in Richtung Fenster. „Ne Christ-Baam känne mier dortn hie stelln." Stephan nickt lächelnd. Er liebt ihren vogtländischen Dialekt.

Sonnabend Mittag. Der erste Schrank – er stammt aus Stephans vormaligem Kinderzimmer – ist zusammengebaut, ein paar Handtücher liegen auch schon drin. Als nächstes will er sich die Kommode vornehmen und anschließend das Bücherregal. Und die Lampen anklemmen, es wird zeitig dunkel draußen.

Doris kramt in den Kartons und wird immer stiller. Sie kramt und sucht. Als er fragt, ob sie ihm die Bohrmaschine reichen könne, antwortet sie nicht. Stephan steigt von der Treppenleiter herab. „Was ist denn los?"

Doris schaut ihn mit gläsernen Augen an. „Iech such meine Mannln! Morgn is doch Advent."

„De Mannln", überlegt Stephan, das sagte seine Oma auch immer, wenn es ans Stollen- und Plätzchenbacken ging. Sie sprach von „süßen Mannln" und von „Bitter-Mannln". Er schaut seine Angetraute verständnislos an. Will sie etwa jetzt, im größten Durcheinander, anfangen zu backen?

Sie inspiziert Karton um Karton, stapelt um, räumt und sucht und meint schließlich, sie gehe in den Keller.

Eigentlich wären jetzt Kommode, Bücherregal und Lampen dran, denkt Stephan. Er beschließt, zuerst die Lampen anzubringen, denn in drei Stunden wird es dämmrig. Danach will er entscheiden, ob er sich dem Regal oder dem Gemütszustand seiner Frau widmet.

Er hat gerade die letzte Lampe angeklemmt, als Doris wieder erscheint. Stolz betätigt er einen Lichtschalter nach dem anderen und strahlt wie die Glühbirnen. „Und? Was sagst du?“

Doch das erwartete Lob bleibt aus, ihr einziger Kommentar: „Hmm; schee.“

Sie meint, sie müsse nochmal weg, die Mannln könnten jetzt nur noch in einer der Kisten sein, die noch im Wohnheim stehen.

„Muss das unbedingt jetzt sein?“ Stephan bemüht sich, den versteckten Vorwurf so liebevoll wie möglich auszusprechen, doch Doris hört ihn heraus.

Sie stammelt eine Entschuldigung, wisse ja, dass sie ihn nerve, aber zum ersten Advent müsse sie wenigstens ein kleines bisschen „wichteln“. Nur ein bisschen, versprochen! Es dauere auch gewiss nicht lange.

Eigentlich ist er ganz froh, dass sie sich nochmal auf den Weg gemacht hat, so kann er sich in Ruhe das Bücherregal vornehmen. Wenn das einmal steht, wird sich das Chaos schon mal etwas lichten.

Zwei Stunden später – Doris ist noch immer nicht zurück – hat er die Bücher im Regal verstaut. „Wichteln" hat sie gesagt. Stephan denkt an seine Schulzeit und an die jährliche Klassenweihnachtsfeier. Ein paar Tage zuvor wurden die Namen der Schüler auf Zettel geschrieben, diese zusammengefaltet und als Lose gezogen. Damit war festgelegt, wer wem dann zur Feier ein „Wichtelpäckchen" schenkte. Darin enthalten waren meist auch selbst gebackene Plätzchen.

Ein solches Wichtelpäckchen, überlegt Stephan, hat er seit mindestens sieben Jahren nicht mehr bekommen, denn beim Studium und bei der Armee macht man das nicht mehr. Nun also will seine Frau „wichteln", dazu braucht sie Plätzchen und für diese die Mandeln. Dass dies zwingend am ersten Advent stattfinden muss, selbst mitten im Umzugswirrwarr, nervt ihn tatsächlich. Aber manchmal muss Mann die Frau wohl nicht verstehen.

Plötzlich durchfährt ihn ein anderer Gedanke. In der Klasse gab es durchaus Unterschiede zwischen den Päckchen. Manche waren mit Liebe gepackt worden, andere enthielten Dinge, für die man sich höflich bedankte und sich die Enttäuschung möglichst nicht anmerken ließ. Hauptsache jeder bekam eines.

Jetzt aber will seine Frau ihn beschenken und sollte selbst leer ausgehen? Ausgeschlossen! Er muss sich schnell etwas einfallen lassen. Aber was? Ab Sonnabend Mittag ist keine Kaufhalle mehr geöffnet.

Sollte er die als Weihnachtsgeschenk vorgesehene Grönemeyer-LP, die ihm ein Kumpel für 80 Mark besorgt hat, vorzeitig herausrücken? Er beschließt, den Plattenspieler in der Wohnzimmerecke zu platzieren. Den Stapel Platten legt er daneben; die neue ganz unten. Sollte sie ihm tatsächlich ein Päckchen bescheren, wird er die Platte auflegen. Wenn nicht, bleibt sie bis Heiligabend unter dem Stapel!

Sein Blick fällt auf die Kartons mit der Aufschrift „Küche". Er schaut auf seine Armbanduhr: Dreiviertel sieben! Wo Doris nur so lange bleibt? Ihre Aufregung um die verdammten Mandeln geht ihm, bei allem Verständnis, nun doch echt auf den Geist!

Er betrachtet das alte Küchenbuffet neben dem Gasherd. Sieht eigenartig aus, denkt er. Hoffentlich klappt es bald mit der Einbauküche, die sie bei ihrem Ehekredit eingeplant haben. Er räumt Teller, Töpfe und das Alubesteck in den Schrank, faltet den Karton zusammen und holt den nächsten. Ihm stockt fast der Atem, als er den Inhalt betrachtet. Gleich oben liegt eine Tüte mit Mandeln. Wenn er sich recht erinnert, wurden die mit kochendem Wasser übergossen, gehäutet, auf einem Tuch getrocknet und kamen dann in die Mandelmühle. Daran war eine Kurbel und sie wurden klein geleiert. Das hat ihm als Kind viel Spaß gemacht, das Leiern. Komisch, das hatte er völlig vergessen.

Doris scheint ziemlich durch den Wind zu sein, geht es ihm durch den Kopf. Liegt wohl an der Aufregung.

Während er weitere Koch- und Backzutaten zutage fördert, kommt eine Tüte mit undefinierbarem zerkrümeltem Inhalt und der Aufschrift „Mandeln“ zum Vorschein. Er stutzt, schaut nochmal hin. „Süße Mandeln, gemahlen“. Das gibt es also auch, Mandeln gleich fertig geleiert.

Es ist viertel acht, als Doris mit zwei Dederon-Beuteln zurückkehrt. „Ich ho de Mannln gefunne,“ jubelt sie. „In dr allerletzten Kist‘. Iech hatt‘ schu de ganze Zeit geleiert.“

Stephan grinst. „Das hättest du dir sparen können, schau mal.“ Er hält ihr triumphierend die beiden Tüten hin. „Ganze Mandeln und auch schon geleierte.“

Doris blickt ihn verwirrt an. Kurz darauf fängt sie lauthals an zu lachen und kriegt sich kaum wieder ein. Sie greift in einen ihrer bunten Stoffbeutel, holt einen geschnitzten Nussknacker heraus und hält ihn Stephan vors Gesicht. „Des sei doch meine Mannln!“

Er schaut sie an wie ein Mondkalb, starrt dann auf die Mandelpackungen in seinen Händen und bricht ebenfalls in Gelächter aus. Als sie sich endlich beruhigt haben, erteilt Doris ihrem Ehemann eine Lektion in Dialekt und weihnachtlichen Traditionen. „Leiern“ bedeutet so viel wie weinen und „wichteln“ heißt, dass man die Wohnung weihnachtlich schmückt. Mit Kerzen, Deckchen, Pyramiden und mit eben den „Manneln“. Sie erzählt von „Hutzenabenden“ in den Hutzenstuben, wo man sich an den Adventsabenden trifft, gemeinsam singt, vorliest und es abends um zehn Kaffee gibt. Der Begriff „Hutzenstube“, erklärt sie, komme übrigens von „Hut ziehen“, also einander begrüßen.

Er sei doch schon öfter zu Weihnachten mit in ihrer Heimat gewesen, da müsste er das doch wissen.

Stephan denkt an die Feiertagsbesuche und an den vielen Klimbim, der seiner Meinung nach eine Marotte der Schwiegermutter ist. Kaum ein Platz, der im Advent nicht mit Nussknackern, Engelfiguren, Pyramiden, kleinen Häuschen, geschnitzten Bergleuten oder hölzernen Vertretern aus allerlei Handwerkszünften vollgestellt war. Manche von ihnen bewegten sich, andere räucherten unaufhörlich, so dass ihm zeitweise die Augen tränten. Es war auch schwierig, mal eben die Fenster zu öffnen, denn nahezu jedes war mit einem Schwippbogen bestückt.

Je leidenschaftlicher Doris von all diesen Dingen spricht, während sie ihm ihre Zapfenwichtel, Moos- und andere „Mannln“ präsentiert, um so mehr reift in Stephan die Erkenntnis, dass er seine Meinung darüber besser für sich behalten sollte. Erst recht, als sie mit ernster Miene sagt, dass in den Unternächten nicht gewaschen werden darf, sonst sterbe jemand in der Familie.

Doris holt das Bügeleisen aus einem Wäschekorb und beginnt zu „wichteln“. Sorgsam bügelt sie ihre Weihnachtsdeckchen und legt sie, vorerst in Ermangelung anderer Plätze, auf den Fensterbrettern aus; eines für jedes ihrer „Mannln“.

Stephan beschließt, noch heute Abend den zweiten Schrank zusammen zu bauen. Er hegt die Hoffnung, sie möge aus ihrer Heimat nicht nur den Aberglauben und all die Staubfänger, sondern auch die Koch- und Backkünste mitgebracht haben, die ihm nach seinen weihnachtlichen Besuchen am meisten im Gedächtnis geblieben waren. Zumindest an diesem Abend wird er es nicht mehr erfahren, denn ein Wichtelpäckchen mit Plätzchen wird es nun doch nicht geben. Auch gut, denkt er und schielt zufrieden zum Schallplattenstapel.

Überraschung im Adventskalender

Es war in jenem Jahr, als auf dem Markt die neue Apotheke eröffnet hatte. Diese sollte etwas Besonderes sein; kein großer Laden, aber voll computerisiert und automatisiert. Die Angestellten drückten eine Taste und über eine Rutsche kam das gewünschte Medikament aus dem Lager im Obergeschoss auf den Tresen gepurzelt. Drinnen gewesen war Bettina noch nicht. Sie hatte gerade andere Sorgen. Jedes Jahr Ende November füllte sie einen Adventskalender für ihren Neffen Maik, den sie vor Jahren selbst genäht hatte: Sackleinen mit Weihnachtsmotiven, oben ein Holzstab, so dass man ihn an die Wand hängen konnte. An vierundzwanzig rote Bänder wurden mit Süßigkeiten gefüllte kleine Säcke gebunden. Bettina lebte im Haus ihrer Schwester und war als alleinstehende Tante immer die Vertraute ihres Neffen gewesen. Sie wusste von seiner ersten Zigarette und hatte ihn bei seinem ersten Kater gepflegt. Inzwischen war Maik vierzehn. Irgendjemand hatte ihm erzählt, Süßes würde seine Pubertätspickel verschlimmern. Womit sollte Bettina nun die Säckchen füllen, wenn er Bonbons, Kaugummi, Lakritze und Schokolade verschmähte? Er sollte doch nicht auf seinen Adventskalender verzichten müssen. Er war Tradition seit Maiks zweitem Lebensjahr.

Während einer Kaffeepause suchte sie Rat bei ihren beiden ideenreichen Kolleginnen.

„Es gibt so verrückte bunte Radiergummis“, sagte Evi. „Wahrscheinlich findest du im Schreibwarengeschäft noch mehr kleines Zeug.“

„In der Drogerie haben sie diese winzigen, wie Blumen und Tiere geformten Seifen“, fügte Karin hinzu.

„Kannst ja auch mal ein Geldstück reinstecken“, meinte nun wieder Evi.

„Sag mal“, Karin setzte die Tasse ab und griente Bettina an, „wie alt ist dein Neffe jetzt? Braucht er nicht langsam Kondome?“

„Erst vierzehn“, antwortete Bettina, „aber witzig wär es schon... Ich bin gespannt, was er sagt, wenn er die Dinger findet.“

Am 30. November hatte Bettina alles beisammen - bis auf die Kondome. In der Mittagspause ging sie mit Evi und Karin auf den Weihnachtsmarkt. Sie aßen Bratwurst und tranken Glühwein.

„Hast du eigentlich den Kalender schon aufgehängt?", fragte Evi.

„Verflixt!" rief Bettina aus. „Wartet hier auf mich!"

Sie schlüpfte zwischen Weinstand und Waffelbude hindurch in Richtung Apotheke, um den ersten Kondomkauf ihres Lebens zu tätigen. Drinnen war es tatsächlich nicht sehr geräumig. Sie nahm an, im Laden stünden wie in anderen Apotheken niedrige Regale herum, auf einem davon wären neben Klosterfrau Melissengeist und Doppelherz Pappschachteln mit Kondomen aufgebaut. Sie würde einfach eine nehmen, auf den Ladentisch legen, bezahlen und fertig. Aber nichts davon traf zu. Es gab keine freistehenden Ständer mit Waren, nur Glasschränke an den Wänden. Bettina blieb unschlüssig mitten im Raum stehen. Ein junger Mann im weißen Kittel kam hinter dem Tresen hervor und eilte ihr entgegen. Was sollte das nun wieder? Sie war in Apotheken an Damenbedienung gewöhnt. War der Mann nicht viel zu jung für diesen Beruf?

Er lächelte sie an. „Kann ich Ihnen helfen?"

„Kondome." Mehr brachte Bettina nicht heraus.

Der Apotheker führte sie zu einem Wandschrank, öffnete die gläserne Schiebetür und begann zu erklären.

„In dieser Packung", er hielt Bettina eine Schachtel vor die Nase, „sind zwölf Stück in sechs verschiedenen Farben. Diese Sorte", ein rotes Verhüterli mit fröhlichem Gesicht winkte mit seinen Gummihänden von einer schwarzen Schachtel, „wird sehr häufig gekauft. Hier habe ich noch etwas von besonderer Qualität. Diese sind aus hauchfeinem Latex und absolut gefühlsecht."

Bettina errötete. „Die bunten! Ich meine, ich nehme die bunten."

„Welche Größe?"

Auch das noch. Ging es hierbei um Länge oder um Weite? Vielleicht ist es wie mit den Konfektionsgrößen, hoffte Bettina.

„M?", fragte sie zaghaft.

Der junge Apotheker nickte.

Sie folgte ihm zum Tresen, bezahlte, steckte die Packung in ihre Handtasche und verließ hastig die Apotheke. Am Weinstand warteten Karin und Evi. „Na, wie sieht es da drinnen aus?"

Bettina konnte sich nicht an die Einrichtung erinnern.

Am Abend ging sie in Maiks Zimmer und hängte den Adventskalender an die Wand. Nach ein paar Tagen fragten Karin und Evi, ob ihr Neffe schon fündig geworden sei. Bettina hatte keine Ahnung. Maik hatte sich am 1. Dezember brav bedankt. Seitdem hatte er sich nicht ein einziges Mal zum Kalenderinhalt geäußert. Die gesamte Adventszeit über tat er ihr nicht den Gefallen. Als sie am 23. Dezember mit ihrer Schwester in der Küche gemeinsam das Weihnachtsessen vorbereitete, fragte diese: „Hast du Probleme mit Maik?"

„Nein, wieso? Hat er was gesagt?"

„Nicht direkt", sagte ihre Schwester. „Er hat nur gemeint, du würdest langsam wunderlich."

Rote Pumps für blauen Karpfen

Zu Beginn der siebziger Jahre lebten Hans und Inge in einer mittelgroßen Stadt am Ufer der Saale. Hans war Schlosser und Inge arbeitete im Laden einer Schuhmacher-PGH.

Weihnachten nahte und wie in jedem Jahr war es Inges Ehrgeiz, ihrer Familie zum Fest etwas Besonderes aufzutischen. Im vergangenen Jahr hatte Hans einem Mitglied des Jagdkollektivs den Hundezwinger repariert und dafür eine Rehkeule bekommen. Im Jahr davor hatte ein Fleischermeister ein Problem mit der Kühlhaustür gehabt und Hans erhielt – zwar gegen Bezahlung, aber immerhin – Kalbsbraten. Hans hatte geschickte Hände und war hilfsbereit. Das war bekannt und so hatte sich immer irgendetwas ergeben, mal eine Pute, mal Forellen. Ein außergewöhnliches Weihnachtsessen war inzwischen Familientradition. Nur in diesem Jahr war das Festmahl noch unklar und die Feiertage rückten immer näher. In den Läden lag das Übliche – Schweinebraten, Rinderbraten, Rouladen. Inge war besorgt. Sollte sie zum Fest etwa Gulasch servieren? Sie stand hinter ihrem Ladentresen, nahm kaputte Schuhe entgegen und händigte reparierte aus. In der Mittagspause würde sie es noch einmal in der Kaufhalle bei der netten rothaarigen Fleischverkäuferin versuchen und ihr vorjammern, dass Westbesuch käme. Die hatten dort doch immer etwas unter dem Ladentisch beziehungsweise im Kühlschrank.

Nur waren Inges Chancen nicht besonders gut, weil sie nichts Adäquates zu bieten hatte. Hans hatte diesmal jedenfalls versagt. Zwar hatte seine letzte Hilfsaktion zwei Zylinderkopfdichtungen erbracht, doch die konnte sie schwerlich auf den Tisch bringen.

Die nächste Kundin stellte ein Paar rote Pumps auf den Ladentisch. Schöne Schuhe, bestimmt aus dem Exquisit, aber die Absätze sahen böse aus. Inge füllte den Reparaturzettel aus. „Am 28. können Sie sie abholen", sagte sie. „Nein, Schnellreparatur bitte", erwiderte die Kundin, „ich brauche sie Weihnachten."

„Das geht beim besten Willen nicht. Wir sind ausgelastet", sagte Inge und fragte sich einmal mehr, warum die Leute ihre kaputten Schuhe immer ausgerechnet kurz vor den Feiertagen brachten. „Machen Sie doch eine Ausnahme und schieben Sie sie dazwischen!", bettelte die Frau zuckersüß. Inge zählte sechs wartende Kunden. Wenn sie jetzt nachgab, wollten sie alle Schnellreparatur. Die Kollegen in der Werkstatt würden sie lynchen. „Es geht leider nicht. Tut mir Leid." Verärgert steckte die Frau ihre Pumps zurück in den bunten Dederon-Beutel. „Na, es gibt ja noch andere Schuster." Grußlos verließ sie den Laden. Die werden gerade auf dich warten, dachte Inge und wandte sich dem nächsten Paar Schuhe zu.

Am nächsten Morgen, kurz nachdem sie die Ladentür aufgeschlossen hatte, trat ein Mann ein. Inge hatte gerade mit dem Tauchsieder Wasser erhitzt und einen Kaffee aufgebrüht. Sie hoffte, ihn noch in Ruhe trinken zu können, ehe der Ansturm losging. Sie schob die Tasse in ein Fach unter dem Tresen und fragte: „Abholen?“

„Nein“, sagte der Mann, „ich bringe Ihnen was. Und eilig ist es auch.“ Pfiffige Augen leuchteten aus seinem wettergegerbten Gesicht. Aus einem bunten Beutel angelte er Schuhe und stellte sie vor sich auf. Da sind sie ja wieder, dachte Inge und starrte auf die roten Exquisit-Pumps. „Ich habe Ihrer Frau doch schon gesagt ...“

„Vielleicht geht ja doch was“, unterbrach er sie. „Wir werden uns bestimmt einig.“ Inge schüttelte bedauernd den Kopf.

„Haben Sie schon Ihren Weihnachtsbraten?“ Inge runzelte die Stirn. Was sollte das jetzt? Er stützte die Hände auf den Ladentisch und beugte sich vor. „Wie wäre es mit Karpfen? Ich habe einen Karpfenteich.“

So kam es, dass Inge zwei Tage vor Weihnachten im sowieso schon engen Bad eine Babybadewanne aufstellte, in der dann ein großer Karpfen versuchte, seine Kreise zu ziehen. Der Mann mit den roten Pumps hatte ihn Inge direkt nach Hause gebracht. Hans rief überrascht: „Aber der lebt ja!“ Inge zuckte mit den Schultern. „Bis übermorgen kann er hier bleiben. Ich habe sowieso keinen Platz im Kühlschrank. Dann schlachtest du ihn. Am ersten Feiertag gibt es Karpfen blau. Die Kinder werden staunen.“

„Ich soll ihn schlachten?“, stotterte Hans. „Wer denn sonst? Etwa der Weihnachtsmann?“ Inge verließ das Bad.

Gegen elf Uhr vormittags am Heiligen Abend klingelte Hans an der Wohnungstür seines alten Freundes Wolf-Dieter. Dessen Frau schickte Hans in die „Quecke", wohin Wolf-Dieter vor den häuslichen Festvorbereitungen geflohen war. Eigentlich hieß die Stammkneipe der beiden Freunde „Zur goldenen Ähre", aber keiner nannte sie so. Von den Männern in der „Quecke" wurde er mit Hallo begrüßt. Frauen waren nicht anwesend. Die Ratschläge zum Karpfenschlachten waren zahlreich, aber selbst getan hatte es noch keiner. Die Wirtin kam mit einer neuen Runde Bier und meinte: „Am besten macht man es zu zweit. Einer wickelt ein Handtuch um den Fisch und hält ihn fest. Der andere schlägt ihn mit einem Hammer bewusstlos und sticht ihn ab." Wolf-Dieter erhob sich. „Komm Hans, ich helfe dir!"

Inge sah den beiden leicht schwankenden Männern zweifelnd hinterher, als sie mit Hammer und Messer bewaffnet im Bad verschwanden, und verzog sich in die Küche. Klappern, Platschen, Scheppern und Fluchen drang an ihr Ohr. Ein paar Minuten war es still, dann ging alles von vorn los und endete mit triumphierendem Gelächter. Wolf-Dieter kam in die Küche, übergab ihr den in ein rosa Handtuch gewickelten Karpfen, schnappte sich seinen Parka und zog ab. Der Fisch zuckte noch, war aber tot. Ein „Karpfen blau" wird das nicht mehr, dachte Inge, als sie die lädierte Haut sah. Paniert und gebraten würde er trotzdem schmecken. Als Inge das Bad betrat, war ihr Entsetzen groß: Alles war nass und mit Blut bespritzt. Hans wiederum hatte sich verkrümelt.

Am ersten Weihnachtsfeiertag lobten die Töchter ihre Mutter enthusiastisch für das gute Essen. Nur Hans begnügte sich mit Bohnensalat, Kartoffeln und Meerrettich. Er weigerte sich störrisch, ein Stück vom Karpfen zu probieren. Äußerlich lächelnd aber innerlich wütend beschloss Inge, am nächsten Weihnachtsfest Spaghetti mit einer Tomatensoße blutrot wie die verflixten Pumps zu servieren.

Vorsicht mit dem Flüsterstollen

Am dritten Adventssonntag, wie jedes Jahr pünktlich um halb vier, standen Gudrun, Bernd und der kleine Christian vor dem großen grauen Haus, in dem Bernds Eltern wohnten. Es war Sitte, dass sich alljährlich an diesem Tag die sechs Geschwister mit ihren Familien bei ihrer Mutter zur gemeinsamen Kaffeetafel einfanden. Es kamen auch immer alle, denn Mutter Irmgards legendärer Weihnachtsstollen wurde angeschnitten. Außerdem durfte jedes der Kinder ein drei Kilo schweres Prachtstück für das Weihnachtsfest mit nach Hause nehmen.

Natürlich gab es schon seit Wochen Stollen bei Bäckern und in Supermärkten, aber mit Irmgards Stollen konnten sie sich nicht messen. Diese waren süß und aromatisch, versetzt mit Zitronat, Mandeln und allerlei geheimnisvollen Zutaten, die Irmgard nicht verriet. Es handelte sich um Flüsterstollen, nicht um Rufstollen, weil die Rosinen darin so dicht beieinander saßen, dass sie sich flüsternd unterhalten konnten und nicht rufen mussten. Das behauptete jedenfalls Bernds Vater immer. Bedeckt waren die Stollen dick mit Staubzucker, der ein wenig in die darunter aufgetragene Schicht aus zerlassener Butter eingesunken war. Die Mutter bewahrte die Stollen im kühlen Schlafzimmer auf, wo sie auf Kuchenbrettern oben auf dem Kleiderschrank lagen, bis die Kinder sie abholten.

Bernd war mit seiner Familie spät dran, deshalb nahm er Christian auf den Arm und die drei eilten die Treppen hinauf. Der Vater öffnete die Tür. Als sie das Wohnzimmer betraten, saßen tatsächlich schon alle Geschwister mit Partnern und Kindern um den ausgezogenen Esstisch herum. Mutter Irmgard, die gerade Kaffee eingoss, blickte erfreut auf: „Schön, dass ihr da seid." Sie bedeutete Schwiegertochter und Enkel sich zu setzen und sagte zu ihrem Sohn: „Bernd, geh doch mal ins Schlafzimmer und hole dir ganz vorsichtig einen runter!"

„Wenn du meinst, Mutter", antwortete Bernd. „Ich verstehe nur nicht, warum ich das unbedingt ganz vorsichtig machen soll." Unter dem brüllenden Gelächter der Kaffeerunde schloss er die Tür hinter sich.

Völlig verständnislos schaute Irmgard eine Weile auf ihre johlende Nachkommenschaft, bis ihr plötzlich die Röte ins Gesicht schoss und sie mit dem Ausruf „Was seid ihr doch für ein albernes Volk!" in das Gelächter einstimmte.

Die Familien-Zahnbürste

Schon im Spätsommer teilte Sabine ihrem Mann freudig mit: „Nicki kriegt zu Weihnachten eine elektrische Zahnbürste!"

Ingo zog die Stirn in Falten. „Wie kommst du jetzt auf Weihnachten? Und wieso eine Zahnbürste? Findest du nicht ...?"

Nein, Sabine fand nicht! Sie hatte nämlich ihre Ohren aufgestellt, als Nicki kürzlich zu Besuch gewesen war.

Die Tochter hatte vor einem guten Jahr ihr Studium in München aufgenommen und war in eine WG gezogen. Seit sie dem Thüringer Dorf den Rücken gekehrt hatte und ins Großstadtleben eingetaucht war, erschienen ihr die Eltern und deren Umfeld provinzieller als je zuvor. Mamas Haarfrisur war von vorgestern, die einstmals gemütlichen Abende am Feuerkorb öde, die Nachbarn waren allesamt Spießer und Papas Tennissocken in den Sandalen echt peinlich. Es hätte nicht viel gefehlt und die heimischen Bratwürste hätten sogar den Konkurrenzkampf gegen bayerische Weißwürste verloren.

Nur einmal, morgens im Bad, meinte Nicki so nebenbei: „Das ist geil, mal wieder die Zähne mit der Elektrischen zu putzen. Irgendwann leiste ich mir auch mal eine."

Diese Zahnbürste in Nickis Elternhaus hatte eine besondere Geschichte: Sabine wie auch Ingo waren in Familien aufgewachsen, die weder mit Westverwandtschaft noch mit üppigem Einkommen gesegnet waren. Sabines Freundin bekam ab und zu was „von drüben“, darunter auch eine solche Luxuszahnbürste, um die Sabine sie insgeheim beneidete.

Anfang der neunziger Jahre hatte die Freundin zum alljährlichen Treffen zwischen Weihnachten und Silvester ein schön verpacktes Geschenk mitgebracht und gesagt: „Das ist etwas für die ganze Familie, die Verschleißteile kannst du nachkaufen.“ In dem Kästchen befand sich eben jene Zahnbürste mit Zubehör. Ein paar Tage zuvor hatte sie am Telefon das Gespräch aufs Zähneputzen gebracht und so herausbekommen, dass Sabines Familie noch immer keine solche besaß. Mit dem Geschenk hatte die Freundin echte Freude bereitet, denn fortan brummte es morgens und abends viermal im Bad – bei Ingo, Sabine, Tochter Nikole und Sohn Florian. Selbst „Flo“ putzte plötzlich bereitwillig seine Zähnchen. Er hatte darauf bestanden, dass ihm die Bürste mit dem roten Ring zustand, und festgelegt, dass Mama grün, Papa gelb und die große Schwester blau bekam.

Nach Nikoles Wegzug blieb die blau beringte Bürste im Badschrank und wartete – wie auch die Familie selbst – auf die seltenen Besuche ihrer Besitzerin.

Sabine war sich sicher, das Richtige zu tun, als sie das Päckchen für ihre Tochter in Weihnachtspapier einwickelte und eine rote Schleife darum band. Die Überraschung schien gelungen, Nicki jubelte: „Jetzt habe ich endlich wieder eine elektrische Zahnbürste. Meine eigene!" Tja, so kann man mit praktischen Dingen Freude bereiten, dachte Sabine. Ingo raunte ihr zu: „Hattest Recht. Wäre ich nie drauf gekommen."

Nicki erzählte nicht, dass ihre neue Mitbewohnerin ebenfalls eine solche Zahnbürste besaß. Die Mädels benutzten sie gemeinsam, tauschten nur – wie auch zu Hause üblich – die Bürstenköpfe aus. Um die Oldies nicht zu enttäuschen, hatte sie davon nichts gesagt, nutzte aber weiterhin die gemeinschaftliche WG-Bürste.

Ein paar Jahre später war die WG-Ära vorüber. Nicki hatte inzwischen Steve, die beiden hatten einen kleinen Sohn und alle drei zusammen hatten auch eine E-Zahnbürste. Die hatte Steve in die junge Familie eingebracht, so dass Nickis einstiges Weihnachtsgeschenk noch immer sein Schattendasein fristete.

Jahre später war die elterliche Familie in der thüringischen Provinz in Auflösung begriffen, da Ingo meinte, neue Wege gehen zu müssen. Seither verlief Sabines und Florians Zahnpflege wieder nach alter Manier, also mechanisch, denn Ingo hatte außer seinen Tennissocken und Sandalen auch die E-Zahnbürste mitgenommen.

Über diese Sache hatte sich Steve fürchterlich ereifert: „Dass der Kerl einfach abhaut, ist schon ein starkes Stück! Aber dann noch die Familienzahnbürste mitzunehmen, ist doch wohl das Letzte!"

Da diese Ereignisse in den Spätherbst fielen, war für Nikole klar, womit sie Mutter und Bruder zu Weihnachten überraschen würde. Das gute Stück, das sie selbst vor einigen Jahren geschenkt bekommen hatte, war nun schon dreimal mit umgezogen und noch immer original verpackt. Nun sollte es endlich seiner Zweckbestimmung zugeführt werden. Und es kam tatsächlich gut an!

Drei Jahre später geriet der Haussegen auch in der jungen Familie in Schieflage und Nikole und Steve beschlossen, sich zu trennen. Aus gegebenem Anlass verliefen die Telefongespräche zwischen Mutter und Tochter weniger humorvoll als gewohnt. Bis auf einmal.

Nikole verkündete herzlich lachend: „Hallo Mama, du wirst nicht glauben, was Steve mitgenommen hat!"

Sabine hielt einen Augenblick lang inne. „Doch nicht etwa. ...?"

„Doch Mama, genau!"

„Das glaub ich jetzt nicht!"

An beiden Enden der Leitung setzte Gekicher ein.

Tatsächlich, Steve hatte die Familienzahnbürste mitgenommen, die er einst ja auch in die Familie eingebracht hatte.

Die Zahnbürsten gingen, die Witzeleien blieben.

Tags darauf kaufte Sabine eine neue E-Zahnbürste, das gleiche Fabrikat wie damals. Und weil es bis zum nächsten Weihnachtsfest noch fast zehn Monate hin waren, beschenkte sie ihre Tochter damit zu Ostern.

* * *

Diesmal der ideale Baum

2010 begann der Winter bereits im letzten Novemberdrittel. Wir glaubten, bis Weihnachten würde der Schnee wieder verschwinden. Doch wir irrten uns.

Am Samstag vor dem vierten Advent beschlossen wir, endlich einen Weihnachtsbaum zu kaufen. Das Auto auf dem Parkplatz vorm Haus war völlig eingeschneit, die Straße nicht geräumt. Wir hatten keine Lust, den Wagen frei zu schaufeln, zumal der Platz bei unserer Rückkehr mit Sicherheit besetzt sein würde. Es war nicht weit bis zur nächsten Gärtnerei. Uwe holte den Schlitten unseres Sohnes aus dem Keller. Der Hinweg führte bergab. Ich setzte mich auf den Schlitten und mein Mann zog. Ein alter Herr rief uns nach, auf dem Rückweg müsse aber gewechselt werden. Uwe grinste.

Weil mir kalt wurde und ich mir ein wenig albern vorkam, stieg ich ab und stapfte lieber neben ihm her. Dabei unterhielten wir uns über die Weihnachtsbäume der vergangenen Jahre. Wir hatten immer lange gesucht, bis wir glaubten, den schönsten und geradesten gefunden zu haben. Zu Hause stellte sich dann regelmäßig heraus, dass irgendetwas nicht stimmte: herausragende Äste, weit auseinanderstehende Quirle, einer hatte sogar zwei Spitzen. Dass wir das beim Kauf übersehen hatten!

Diesmal fackelten wir nicht lange. Nachdem uns der Gärtner zwei Becher Glühwein gegen die Kälte spendiert hatte, schnappten wir uns eine dicht bezweigte Nordmanntanne, schüttelten sie, liefen abwechselnd mehrmals drum herum und fanden sie perfekt. Wir bezahlten, banden den Baum auf den Schlitten und stapften wieder nach Hause.

Beim Aufstellen im Wohnzimmer stellten wir fest: Der Baum war schief. Hielt man ihn an der Spitze in die Höhe schien er gerade zu sein; stellte man ihn in den Ständer, erkannte man einen leichten Knick in der Mitte des Stammes.

Mann und Sohn zeigten Geschick beim Justieren und Schmücken. Am Ende sah die Tanne wirklich recht schön aus. Und ich bin mir sicher: Es hätte mich zutiefst beunruhigt, wenn wir diesmal tatsächlich den idealen Baum erwischt hätten.

Das Aus für die MW-Kiste

„Schenke groß oder klein, aber immer gediegen. Wenn die Bedachten die Gaben wiegen, sei dein Gewissen rein." Mit zuverlässiger Regelmäßigkeit schleichen sich die Sprüche des guten alten Herrn Ringelnatz in die Hirne, wenn es aufs Jahresende zugeht. Und ebenso regelmäßig stellt sich die Erkenntnis ein, dass die von ihm so leichtfertig geäußerten Ansprüche manchmal ganz schön schwer umzusetzen sind. Umso mehr, wenn er dann an sein Gegenüber appelliert, man möge doch bitteschön mit Geist und ohne List schenken; eingedenk des Prinzips, „dass dein Geschenk Du selber bist."

Ehrlich gesagt, in Anbetracht meiner einstigen Geschenksünden schäme ich mich schon ein wenig vor Herrn Ringelnatz! Aber ich gelobte Besserung, als ich im vergangenen Jahr umzog und den Karton mit der Aufschrift „MW" nicht mit in mein neues Leben nahm.

Im Gegensatz dazu durfte die uralte Schallplatte mit Weihnachtsliedern vom Dresdner Kreuzchor durchaus mitkommen, obwohl ich bezweifle, dass ich den Plattenspieler jemals wieder in Betrieb nehme.

Es war in den sechziger Jahren, als unterm Weihnachtsbaum ein Plattenspieler stand. Meine Eltern hatten ihn erstanden und er wurde ein Geschenk für die ganze Familie. Das Gerät war zu dieser Zeit ein echter Luxusartikel. Als wir drei Kinder am Heiligabend in die Stube gerufen wurden, erklang eben diese Schallplatte. Es war die erste und zunächst auch die einzige. Kam eine neue hinzu, war das jedes Mal ein großes Ereignis, denn gut sechzehn Mark für eine Amiga- oder zwölf für eine Eterna-Platte waren kein Pappenstiel.

In den darauf folgenden Jahren wurde am Heiligabend stets diese Platte aufgelegt, zu deren Beginn das Glockengeläut der Kreuzkirche zu vernehmen war. Die Eltern öffneten die Tür zur Stube und wir Kinder traten ein. Ich weiß nicht mehr, wie oft dieser Ablauf zelebriert wurde, doch in meiner Erinnerung ist dies der typische Heiligabend meiner Kindheit.

Mit Advent und Weihnachten in späteren Jahren, als meine eigenen Kinder heranwuchsen, verbinden sich für mich ebenfalls bestimmte Klänge, die uns vom Kassettenrekorder und später vom CD-Spieler beschert wurden. Familiäre Klassiker waren „Die Weihnachtsmaus Josefine“ von Reinhard Lakomy und Frank Schöbels „Alle Jahre wieder die gleiche doofe Tour; die andern hab‘n nen Weihnachtsbaum und wir ‘ne Witzfigur“.

Nicht nur die konservierte Musik hatte sich im Laufe der Jahre vervielfacht, auch der Verwandten-, Freundes- und Bekanntenkreis. Zudem war man inzwischen mobiler geworden, so dass sich um die Weihnachtszeit zunehmend Überraschungsbesuche einstellten, mehr oder weniger zur allgemeinen Freude. Anders als in früheren Jahren waren Läden und Märkte nun überfüllt von Dingen, die kaum ein Mensch brauchte oder haben wollte. So gab es dann nicht selten jene netten kleinen Mitbringsel, für die man sich höflich bedankte, aber nichts damit anzufangen wusste.

Im Umkehrschluss hieß dies aber auch, dass man – der Höflichkeit halber – auch selbst was zum Schenken parat haben sollte. So fing ich an, all die kleinen Aufmerksamkeiten, mit denen wir ungefragt beglückt wurden, in eine Kiste zu packen, um sie irgendwann nett verpackt weiter zu reichen. Vorsichtshalber versah ich diese Dinge mit Zettelchen, auf denen ich die Namen der Schenker vermerkte.

Dass dieses System wohl öfter praktiziert als allgemein zugegeben wird und sicher nicht meine eigene Erfindung war, bestätigte das Lied „Weihnachtstag“ von Reinhard Mey, in dem beschrieben wird, wie nachbarschaftliche Verlegenheitsgeschenke die Runde machen und schließlich das eigene wieder zurückkommt. Einer der Beschenkten-Schenker heißt Müller-Wattenscheid. Und mein besagter Karton erhielt das Kürzel eben dieses Namens: MW.

Inzwischen haben sich nicht nur die Jahre verflüchtigt; auch die Anzahl derer, die mit Nettigkeiten mehr oder weniger zu beglücken sind, hat sich gelichtet. Jetzt, da ich im letzten Lebensdrittel angekommen bin, verschenke ich mit Vorliebe das Wertvollste, was ich habe, nämlich Zeit. Ich schenke sie mir auch selbst. Zeit – auch für den guten alten Herrn Ringelnatz, und für seine vielen interessanten älteren und jüngeren Berufskollegen.

Weihnachten anderswo

Ich saß auf der Terrasse unserer Unterkunft, betrachtete den Sternenhimmel über Namibia und versuchte mir vorzustellen, ein neugeborenes Lämmchen in den Armen zu halten, vielleicht sogar bei seiner Geburt dabei zu sein. Ursache dieser Träume war unser Ausflug zur Farm Otjihaenamaparero am selben Tag gewesen. Stundenlang waren mein Mann und ich über holprige Wege bis zu diesem Ort in der Nähe von Kalkfeld gefahren, ohne einem Menschen zu begegnen, um uns versteinerte Dinosaurierspuren anzusehen. Am Farmhaus hatten die Flammenbäume zu blühen begonnen, aber sonst gab es nicht viel Vegetation. Dornige Akazien ließen sich noch Zeit mit dem Austreiben ihrer Knospen. Man nennt diese Vegetationsform Halbwüste, aber sie erschien uns sehr wüst. Wüst und einsam. Der aus Deutschland stammende Farmer Reinhold hatte uns die Fußtapfen der Dinos gezeigt und allerlei über die Triaspaläontologie erzählt.

Der September war fast vorüber und nun begann der Frühling. Dreißig Grad Celsius fühlten sich für uns jedoch wie Hochsommer an. Wie warm würde es hier erst im Dezember sein? Ich sammelte seit einigen Jahren Geschichten über Weihnachten, doch alle spielten in Thüringen, wo wir wohnen. Es kamen Nadelwälder darin vor und Schnee, große und kleine Ortschaften, Weihnachtsmärkte, Trubel und Geschäftigkeit. Mutmaßungen darüber, wie man hier in dieser kargen Gegend wohl das Fest beging, schwirrten durch meinen Kopf, als wir von den Saurierspuren zurück in Richtung Farmhaus gingen. Der Farmer war sehr nett, also fragte ich einfach: „Wie feiern Sie eigentlich Weihnachten?“

Verblüfft schaute er mich an und erwiderte: „Gar nicht.“ Doch dann sah er meine Konsterniertheit und lachte: „Weihnachten werden die Lämmer geboren. Da sind meine Frau und ich die ganze Zeit im Stall. Die Angestellten sind nicht da und wir müssen alles allein machen.“

„Aber Ihre Angestellten feiern Weihnachten?", fragte ich. „Nun ja", meinte er launig, „eigentlich sind sie dann alle betrunken."

So hatte ich mir das wirklich nicht vorgestellt und fragte lieber nicht weiter. Doch der Schafzüchter erzählte, wie sie vor siebzehn Jahren, als er und seine Frau nach Namibia gekommen waren, zum Fest irgendein Stachelgewächs aufgestellt und mit Weihnachtsschmuck behängt hatten, wie sie es von ihrer Zeit in Deutschland gewohnt waren, dort allerdings mit einer Tanne. Das würden sie aber schon lange nicht mehr tun. Inzwischen liebten sie es, wenn im Stall einigermaßen Ruhe eingekehrt war, sich mit einem Glas Wein auf ihre Veranda zu setzen und die Sterne anzuschauen; natürlich nicht nur zu Weihnachten.

Mein Mann kam zu mir auf die Terrasse, reichte mir einen Rotwein und sagte: „Schau mal, wie deutlich man hier die Milchstraße sieht!"

Wir stießen an und schauten hinauf zu den Sternen. Der Skorpion stand am Himmel und die Milchstraße zog sich darüber hin. In diesen stillen Minuten kam mir der Gedanke, dass Stall, Schäfer, Sternenhimmel und das Wunder der Geburt, auch wenn es sich nicht um ein Kind sondern um Lämmer handelte, mehr Bezüge zum alten Weihnachtsmythos zeigten als all der Trubel und die Geschäftigkeit, die wir in dieser Zeit zu Hause gewohnt sind.

Wenn nur bald ...

Wenn nur bald Weihnachten wäre
Wenn nur Schnee fiele
Wenn nur bald überall die Lichter angezündet würden
Wenn nur bald Weihnachtsduft durchs Haus zöge
Wenn ich nur die Weihnachts-CD fände
Wenn ich nur wüsste, was ich Oma schenke
Wenn nur die Gänse nicht so teuer wären
Wenn nur der Baum nicht wieder schief ist
Wenn Silvie sich nur beim Krippenspiel nicht verspricht
Wenn nur der Braten gelingt
Wenn nur Tante Lotti nicht käme
Wenn nur Onkel Bert nicht so viel trinken würde
Wenn nur keiner einen Streit anfängt
Wenn ich diesmal nur alles in den Griff kriege
Wenn nur Weihnachten bald vorbei wäre

Marion Gebauer, Jena

Neben ihrer Berufstätigkeit begann sie vor einigen Jahren Geschichten aufzuschreiben, die man ihr erzählte, und war fasziniert davon, dass es immer wieder Weihnachtserlebnisse waren, die die Menschen bewegten.

Ihr Metier ist es, Geschichten und Anekdoten aus dem alltäglichen Leben aufzuschreiben. Reichlich Stoff dafür liefert die Weihnachtszeit, in der oft Generationen zusammensitzen und Episoden von einst und heute erzählen.

Sieglinde Mörtel, Jena

Buchtipps Thüringer Geschichten

Schul-
geschichten
WelkenVerlag

Weihnachs-
geschichten
Wartberg Verlag

Holzland-
geschichten
WelkenVerlag